柳岸居诗草

杨克畋 / 著

LIU AN JU
SHI CAO

南京师范大学出版社
NANJING NORMAL UNIVERSITY PRESS

图书在版编目(CIP)数据

柳岸居诗草/杨克畋著.—南京:南京师范大学出版社,2013.6

ISBN 978-7-5651-1337-6

Ⅰ.①柳… Ⅱ.①杨… Ⅲ.①诗词－作品集－中国－当代 Ⅳ.①I227

中国版本图书馆 CIP 数据核字(2013)第 046299 号

书　　名	柳岸居诗草
作　　者	杨克畋
责任编辑	高朝俊
出版发行	南京师范大学出版社
地　　址	江苏省南京市宁海路 122 号(邮编:210097)
电　　话	(025)83598919(传真)　83598412(营销部)
	83598297(邮购部)
网　　址	http://www.njnup.com
电子信箱	nspzbb@163.com
照　　排	南京理工大学印刷照排中心
印　　刷	南京大众新科技印刷有限公司
开　　本	880 毫米×1230 毫米　1/32
印　　张	7.875
字　　数	142 千
版　　次	2013 年 6 月第 1 版　2013 年 6 月第 1 次印刷
书　　号	ISBN 978-7-5651-1337-6
定　　价	28.00 元

出 版 人　彭志斌

南京师大版图书若有印装问题请与销售商调换

版权所有　侵犯必究

賀克畋先生攬勝居詩草付梓

柴水涓涓毓俊才　海西楊柳綠秦淮
當年奮翮摶上九方揚聲
導夢未央錦霞衣神千織
寛氣色浩蕩聯珠綴玉言
壽考筆挾風雷行壯書

周錫璋詩　王立平書

目　录

不敢写的"序"(闻玉银) …………………………… 1
初编自序 ……………………………………………… 1
再编前言 ……………………………………………… 1

一辑(1964—1970)

陋室歌(四首) ………………………………………… 3
少年游　送友人归 …………………………………… 4
忆秦娥 ………………………………………………… 4
寄友人 ………………………………………………… 5
烟雨归舟 ……………………………………………… 6
言志(二首) …………………………………………… 6
夜读《红灯记》(二首) ………………………………… 7
点绛唇　史展观感(二首) …………………………… 8
野渡 …………………………………………………… 9
烈士亭顶礼 …………………………………………… 10
登山(二首) …………………………………………… 10
雨后 …………………………………………………… 11
述怀 …………………………………………………… 11
念奴娇　登金山寺塔望大江 ………………………… 12
步行串联至南京 ……………………………………… 13

拜雨花台	13
悼婶母	14
寄友	14
响水闸上	15
乡情杂咏(六首)	15
浪淘沙 喜雨	17
少年游 别友人	18
祭友父	18
满江红 寄友	19
雪	20
沁园春	20
卜算子 咏梅	22
陵园感赋	22
水调歌头 怀诸友	23
满庭芳 雪夜听母忆旧有感	24
回乡务农即事(二首)	25
如梦令 插秧	26
西江月 晒粮	26
如梦令 摆龙门阵	27
寄友人	28
沂河工地即事(三首)	28
细雨出工	29
沁园春 梦回有记并寄窗友	30
寄友人	31

二辑（1971—1978）

念奴娇　影片《红旗渠》观后 …………………… 35
满江红　送友人 …………………………………… 36
中秋怀友人 ………………………………………… 37
满庭芳　感事 ……………………………………… 37
春游有感 …………………………………………… 38
寄友人（六首） …………………………………… 39
江城子　《杜鹃山》观后 ………………………… 40
八声甘州　述怀 …………………………………… 41
颂中日建交 ………………………………………… 42
夜雨霁月 …………………………………………… 43
闻道越战结束（四首） …………………………… 43
别友人（二首） …………………………………… 45
感事（二首） ……………………………………… 46
感兴 ………………………………………………… 47
坝上（二首） ……………………………………… 47
路遇 ………………………………………………… 48
感兴（二首） ……………………………………… 48
偶翻旧作有感 ……………………………………… 49
读史（十八首） …………………………………… 49
贺友嘉礼（二首） ………………………………… 54
戏题 ………………………………………………… 55
西溪夜渔 …………………………………………… 56
朋访即事 …………………………………………… 56
十六字令　乡村四季（四首） …………………… 57

· 3 ·

生日有感	58
沁园春　元旦述怀	59
乡村雨后杂咏(六首)	60
赠友人(古体)	62
读李白诗选	62
闸上所见(四首)	63
废黄河上吟成	64
西江月　涟水	64
月下咏怀有寄(古体)	65
篱菊	68
黎城行	68
水调歌头　读主席《词二首》	69
八声甘州　痛悼总理	70
读某报而愤书(四首)	71
乡行所见(二首)	72
大风雨中	73
悼毛主席(七首)	73
十月放歌(八首)	77
望海潮　总理逝世周年祭	79
初春	80
旅次记梦	80
答友人	81
夏忙札记(二首)	81
有感	83
共勉	83
登楼即景	84

沁园春　《烈火中永生》观感	84
迎考感赋	85
夜雪梦回	87
春日杂咏（古体·四首）	88

三辑（1978—1981）

入学感赋（六首）	93
月下感赋和室友（二首）	95
游莫愁湖与友邂逅	95
乡思	96
自勉	96
谜诗（六首）	97
八声甘州　中秋	98
述感（三首）	100
沁园春　感事	101
参观淮海战役纪念馆有感	102
元旦感赋	103
郊游口占	103
与同窗游采石矶有怀	104
悼老父（五首）	104
金陵三十咏	107
别诸友（三首）	115

四辑（1982—2000）

| 金缕曲　寄友人 | 119 |
| 读胡君《书怀》试和二绝 | 120 |

述怀	121
送谢先生南归故里	121
寄窗弟	122
怀旧有书	122
忆江南(四首)	123
东北纪行(八首)	124
赠八七届诸生	127
校园杂咏(八首)	127
从教感赋(十首)	130
长城颂	132
沁园春　校首届艺术节感赋	133
题友画作(四首)	134
毕业十年首聚有感	136
南行记(六首)	136
沁园春	138
巴蜀行(十三首)	139
上海内环高架全线通车巡礼	145
书赠日本关西日中朋友会会长原田亲义(古体)	146
浙江纪行(七首)	146
胡兄六十华诞志庆	148
四十校庆有题(古体)	149
感事杂咏(十三首)	149

五辑(2000—2012)

采桑子	157

满江红　赠友	157
返里所见(八首)	158
感兴(六首)	160
给八三届学子	162
依韵题友画作《云龙图》	163
八四届学子毕业二十周年聚会有感	163
咏昙花(五首)	164
九寨黄龙行(四首)	165
清平乐　为八五届同学毕业二十年聚会作	167
游梅花山(五首)	167
梦西安·给友人	169
沁园春　为八七届文科班学子毕业二十年师生欢聚会作	169
六十书怀(四首)	171
游寺述感	173
红宝石婚庆	173
六州歌头　岁末抒怀	174
题百鸡图(古体)	176
游历组诗(五十六首)	177
泰山行(八首)	177
庐山行(八首)	180
黄山行(六首)	182
豫地行(八首)	185
滇地行(五首)	188
浙地行(四首)	189
武夷行(二首)	191

异域行(十五首) …………………………………… 191
金缕曲(二首) ……………………………………… 196
示诸孙(古体·四十首) …………………………… 199
    治学 ………………………………………………… 199
    修身 ………………………………………………… 201
    立业 ………………………………………………… 204
    齐家 ………………………………………………… 206

六辑(新诗·对联)

大江颂 ……………………………………………… 213
校庆颂歌(歌词) …………………………………… 216
辛亥革命百年祭 …………………………………… 218
对联选集(十九副) ………………………………… 223

书末絮语 …………………………………………… 227

不敢写的"序"

和克畋相识于公元一九七八年初春。

那是一个荆棘丛生的年代,也是中国"改革开放"的滥觞之年。邓公以披荆斩棘的勇气和智慧,拨乱反正,恢复了久已废弛的"高考"制度,中国的大学迎来了"文革"后第一批"天之骄子"。我有幸见证了这次高考的录取工作。

当年的高校录取,并不像当下警备森严、兴师动众,政教系就我一人参与现场。录取已近尾声,突然,省高教局的一位副局长,抱着一摞考生档案挤进我们的房间,大喊"这些考生不就是年龄大一点么,怎么就没人问呢?"这些考生中有一个叫"杨克畋"。

克畋兄是"老三届"高中生,进校时已三十挂零,江湖人称"老帮子"。"老帮子"成了这一拨人的统称:他们被"文革"中断了学业、打碎了梦想,体验了生活的艰辛,阅历丰富,经历坎坷。当希望之门重新开启时,他们同样意气风发、豪情万丈:江山谁整饬?吾辈任量裁!

"老帮子"们是不幸的,也是幸运的。他们和"中华号"巨轮一同重新起航,劈波斩浪,展开新一段人生的辉煌。大学里,他们努力学习,刻苦钻研;毕业后,他们兢兢业业，雄踞一方。他们同"小杆子"们一起，实践着中国读书人的最高理想：为天地立心，为生民立命，为往圣继绝学，为万世开太平！

克畋兄已过耳顺之年，正在含饴弄孙。其笑也盈盈，其言也谆谆，所以"治学""修身""立业""齐家"。当然，他还在发挥"余热"，为家乡父老，为后辈学子，出谋划策、奔走呼号。激愤之时亦不免作稼轩态，"把吴钩看了，阑干拍遍，无人会，登临意！"

清人张潮有人生"五福""十恨"之说。其"恨"，多为个人体验；其"福"，则往往引起中国读书人的共鸣：有功夫读书，有力量济人，有学问著述，有直谅多闻之友，无是非入耳。克畋兄大约都齐了。这是我时常羡慕，甚至嫉妒的……

克畋拿来他《柳岸居诗草》的清样，嘱我写"序"。我不懂诗词，不敢写。于是，有了以上拉拉杂杂的文字。

闻玉银
二〇一三年四月

初编自序

挥汗斗暑,焚香驱蚊,删削旧作,初成此集。

集为是名者,缘祖居小村,绿荫四合,南北二水,曰柴曰沂,沿岸多柳,如雾如烟。而数代务农,惟余识字,故不避粗俗,以柳岸为斋名,以示未忘根本;名曰诗草,非是自谦,一因出自草根,难脱土气,二因作为诗词,未尽工整,恐有失律也。

忆少害诗癖,不分良莠,见诗即诵。弱冠试笔,不知高下,信手涂圈。而立前后,杂咏尚多,赖生活常起波澜,社会多有变势也;即届不惑天命之年,常碌碌于公务,难孜孜于诗作,偶一为者,其风似与前异,孰优孰劣,余实难道其详也。回首数十载习诗之路,曲曲弯弯,苦辣酸甜,惟有自知矣。

今不揣冒昧,不惧风波,不耻鄙陋,结集于斯,未图传之于世,只求情感写真。见集初成,一喜;再加检点,一叹。因少龙睛之笔,多南郭之竽也。故未敢自慰,却多赧颜。然敝帚自珍,吾未能外。是作乃录彼时之所历,记彼时之实事,咏彼时之感怀,抒彼时之胸臆,及至垂暮,偶尔翻阅,如见半生之一线轨迹,数点心思,不亦幸乎?若得行家指点一二,同道切磋再三,岂不大幸?如此而已,岂求它哉。

　　是为序。

二〇〇〇年七月

再编前言

十二年前的二〇〇〇年暑假,是一个酷热得让人有点郁闷的暑假。活着,总要做些有意思的事,于是,我冒暑挥汗,涤念净心,把此前的一些诗词旧作初步整理结集。但囿于当时情况,未及细酌,故未敢面示人。二〇〇〇年秋,我到南京师大工作,后陆续又有新作。退休后,又萌重新整编成集的念头,加之朋友和家人的鼓励,遂从二〇一一年冬着手,将初集及近年所作,重加审视,修削增添,对近体诗词,再检格律,尽量使之合于规矩,并缕分成辑,合而成集,用以付梓。

本集分为六辑,基本按时段分列。一辑,乃读高中及回乡务农时段。阅世尚浅,年轻气盛,虽心迹坦然,但难免失当之语。二辑,是我初参加工作(主要在粮食系统)时段。涉世渐深,人渐成熟,在所作中可见端倪。加之社会风云多变,作品中也时有涉及。三辑,是改革招生制度后,在南京师院读书时段。前途顿开,心情喜悦;学识渐增,对世情风物也有了新的认识与理解;更庆幸中华巨舟在绕了大弯之后又驶进了正确的航道,如此种种,在这时段诗作中常有体现。四辑,是毕业后工作于县中学的时段。跨时较长,两年教师,余则主事,因教学及公务繁忙,所作不多,也是憾事。五辑,是在南京师大工作直至退休后的一段。生活平淡安闲,退休后更能静下心来,回思过去,欣赏现实,感悟事物,纵情山水,此段所作,读起来当较轻松吧。六辑,是旧体诗词之外的一辑,辑有几首新诗、若干楹联等,虽体例不同,但多属韵文,所以一并辑之于后。

旧体诗词是比较难做的,特别是其中的近体格律诗及词,它要讲究合韵、入律,律诗还要讲究对仗,限制颇多。早年,无这方面的工具书,也无行家指点,全靠自己对前人的诗词胡乱揣摩,加之我普通话差,所以,格律关总是过不好。后经自学,又凭工具书,才渐摸到一些门道,但总难达到得心应手的境地。习诗之苦甘,惟有自知啊。前五辑为旧体诗词,其中的古体诗,我均在题后注明,未注明的则为据格律而作的近体诗及词了。在合韵入律方面,我的做法与看法是:一、力求按规矩去做。闻一多先生曾有诗应"戴着脚镣跳舞"的说法,对此,我是赞同的。二、依据上海古籍出版社出版的《诗韵新编》中所主张的"正音从严""押韵从宽"的观点,比照现时的读音,我是有取有舍。有的韵,我通押,如支、儿、齐韵,波、歌韵,姑、鱼韵等;有的韵,我很少通押,如庚、东韵等;有的韵,如痕、庚韵,韵书多为不通押的,但古今作品中,通押的人也不少,我则基本按通押处理,这也许和我的方言有关吧。三、诗应讲究韵律节奏,但言事达意抒情毕竟是更重要的,所以也不能太过拘泥,况古人作品中也有这种情况,为达意而有不合韵律的地方,称为变体。我之所作中,也有这种情况,或是宽对,如交错对等,或是因用固定的名词而造成不合平仄要求的,如犯三平、犯孤平等,碰到这种情况,我一般会在其后注明,也算作自我检讨吧。关于孤平问题,有人认为,即以"仄仄平"结尾的句式中,五言中第一字,七言中第三字都应用平声字,不然,则为犯孤平。若补救,则须将五言的第三字,七言的第五字改仄为平。其实,古人诗中也不尽如此。如钱起的"一言简圣聪",戴叔伦的"出关送故人"中一、三字均为仄声字,成"仄平仄仄平"句式,白居易的"曾到尚书墓上来",许浑的"寒殿一灯夜更高",罗隐的"狂忆判身入酒船",杜牧的"清夜一声白雪微"等,都是三、五字皆用仄声字,而将第一字改用平声字,使全句成为"平仄仄平仄仄平"句式。可见,前人对孤平的补救,并未拘于一式。对此,我是认同的。

  回首来路,我的经历比较简单,活动的圈子也不大,加之才智所限,因此,从不妄想有惊世骇俗之作。而由于对诗的爱好,尤对旧体诗词,更是情有独钟,便又经常试用这一载体以录我之所历、所遇、所感、所思。简言之,我之所作大多是以"我"为中心原点而生发散射开去的。细想一下,确是狭了点,但也无什么不好,因为这是我心的真切感悟。有此一真,足矣。现在的人,爱诗读诗的不多了。但诗歌,作为文学花园中一簇花卉,曾得到无数先人的精心栽培,势必也会得到一些后人的眷顾浇灌。萝卜青菜,各有所爱,我是愿意为她洒下自己的心血汗水的。如果有同好的同辈人能从我的诗作中生发出一些共鸣,而后来者们能从中了解到我们这一代人的经历际遇、心路旅程,能体味一下我们的爱憎悲欢,那就大大超出我的期待了。

上面的话,是在重新整编诗集时所想到的,既算是给自己一个交待,也是给有兴趣翻翻本集的人一个说明吧。

二〇一二年三月
于南京师大西山蜗居

一 辑
(1964—1970)

陋室歌（四首）

一九六四年暑假

其一

屋矮欲何求？
伸腰会碰头。
坐依红杏下，
照旧读春秋。

其二

屋漏欲何求？
雨风犹驾舟。
人穷焉志短？
岂敢处中游！

其三

屋小欲何求？
容身数十秋。
双亲千万苦，
每忆便心揪。

其四

陋室欲何求？

初阳暖九州。
尽心耕与读,
愁甚不高楼?

少年游　送友人归
一九六四年暑假

熏风乱舞绿杨枝,
霞染暮天西。
晖涂鸦背,
丝分燕翼,
焉用急归离?

橹声渐远舟行疾,
唯见赤云低。
秉烛攻书,
苦心孤诣,
后会岂无期?

忆秦娥
一九六五年夏

　　新沂河告竣后,根治了祸害家乡的数代水患。夏日收罢,上游泄水入海,浩浩汤汤,景象奇伟。追昔抚今,感慨有记。

难追忆,
凄风霪雨洪波激。
洪波激,
万民啼食,
百庄灯熄。

新沂竣后风光易,
罢收水至添潮汐。
添潮汐,
黄淮人颂,
九州椽笔。

寄友人
一九六五年八月

柳暗荷明约聚期,
如今夜雨满莲池。
何当双桨穿杨去,
再话熏风疾雨时。

烟雨归舟
一九六五年八月

三五归舟细雨中,
渔歌渐远渐无穷。
犁波箭去迢迢路,
使棹还须铁臂功。

言　志(二首)
一九六五年十一月

年少,却早生华发,学业未成,以此言志。

其一

少年华发亦寻常,
学海须凭着力航。
装点仅关桑梓地?
人生到处有青冈!

其二

休道二毛①英色减,
风霜一路待加鞭。
四方能遂男儿志,

此曲今生盼共弦。

注：① 发有黑白相杂，俗称"二毛"。

夜读《红灯记》(二首)
一九六五年冬夜

其一　调寄《唐多令》

夤夜读书休，
长凭泪洗眸。
听①朔风，
如啸飕飕。
无尽童枝②霜影里，
梅萼绽，
暗香稠。

天净任鹰游，
神州早换秋。
看红旗，
似火烧丘。
英杰开怀当笑慰：
后继者，
若江流。

其二 调寄《卜算子》

黑雾压危城,
荒野哀鸿泣。
三户③同随国破残,
安任豺狼惎④?

慷慨舍身难,
苟且偷生易。
舍易从难比比多,
试看红灯熠。

注:① 听:tìng,听凭意。 ② 童枝:指没长芽叶的枝条。 ③ 三户:指李奶奶一家原为李、张、陈三户合成。 ④ 惎:jì,毒害。

点绛唇 史展观感(二首)

一九六五年冬

其一

水溢潮河,
哪堪苛政狰于虎!
可怜兄父,
风雪归何处?

天落狂飚,

催震冲锋鼓。
烟散处,
燕飞莺舞,
家国春长住。

其二

鬓满秋霜,
英雄矍铄迎春晓。
少年歌啸,
朝日盈怀抱。

战鼓频催,
万众如鹰鹞。
登征道,
马奔人笑,
直指冰山倒。

野 渡
一九六六年四月

云飞胜马去飕飕,
细雨斜侵野渡舟。
得意衣衫潮[①]未觉,
撑篙进退在船头。

注:① 潮:方言,湿意。

烈士亭顶礼
一九六六年五月

　　登山,路谒烈士亭,丰碑耸立,松涛盈怀,抚今追昔,以诗记慨。

丰碑似炬照青冈,
犹记当年疾雨狂。
暗夜何人能盗火?
长途有伴敢歼狼!
先行创业当非易,
后继守成须大光。
纵目亭前山水秀,
松涛绕岭正飞扬。

登　山(二首)
一九六六年五月

其一

石恶似金刚,
岩花劲蔓长。
崎岖人雀跃,
坦腹首高昂。

其二

西峰云彩美，
剪片作轻衫。
谁配衣雯锦，
迟迟望岭南。

雨　后
一九六六年六月

天半惊雷雨重①摧，
落花残絮乱纷飞。
彩虹远接天边树，
逐浪村姑放鸭回。

注：① 重：此读 zhòng。

述　怀
一九六六年八月一日

参加飞行军检，惟最后一关未过，委实遗憾。今逢八一，有感书此。

猎猎军旗风啸红，
安能投笔去从戎？
江南弹洞早藏雀，

塞北刀光正化虹。
广漠久追杨舞絮,
曲疆时仰鸽游空。
他年若遂飞鸿志,
豪气当骄众杰雄。

念奴娇　登金山寺塔望大江
一九六七年一月

七层塔上,
驭冬风,
极目长江奔去。
澎湃萦迴穿峡过,
浪印千年凄苦。
几代秋荒,
数朝离乱,
断戟沉无数。
引来骚客,
壮怀倾吐如注。

更有今世英豪,
平礁固岸,
立坝惊神女。
撩起雾帘初纵眼,
便见风光盈睹。

汀上芦花,
滩头贝壳,
岂把狂澜阻?
直奔东海,
伴飞多少鸿鹄!

步行串联至南京
一九六七年一月

少年安惧远征难?
涉水翻丘视度闲。
接宇邮湖①平若镜,
浮波江屿小如丸②。
矮房席草③火堆暖,
曲岸披星夜气寒。
更喜漫天梨卉雪,
石城一夜著春颜。

注：① 邮湖：指高邮湖。 ② 小如丸：轮渡长江、远望江中数山,小如弹丸。 ③ 矮房席草：曾借宿农家,铺草而卧。

拜雨花台
一九六七年一月

环山白雾浓,

谒墓悼忠雄。
血沃新松翠,
肝涂古石红。
头颅甘掷地,
景仰只循宗。
代代多英烈,
中华后步宏。

悼姊母
一九六七年二月

夜半起狂飙,
萧萧似咽嚎。
怎忘讨乞路,
惟盼向阳桥。
粟雨初淋遍,
银梅却谢凋。
人生无不死,
忘我格为高。

寄 友
一九六七年三月

一朝分别几相思,

堤下铅华又漫溪。
棘路常追英杰步,
松亭遥祭烈尊词。
青春未惧尘和土,
年少敢睽魅与魑。
此夜阑珊多少梦,
梦君偕我纵缰驰。

响水闸上
一九六七年七月

临风伫闸放歌喉,
满眼风光一望收。
血泪溅飞前代事,
云泥反复是年秋。
双钩旋舞蚩尤遁,
只手横挥笔力遒。
莫道年轻经事少,
中流破浪正飞舟。

乡情杂咏(六首)
一九六七年夏

社会纷纭,停课回乡,绵绵乡情,充我心胸,遂有此咏。

其一

斜是绿芦直是槐,
婀娜柳树若徘徊。
渔歌逗得红霞醉,
片片白帆隐映来。

其二

昔日黄洪漫小村,
走投无路是穷人。
揭竿旗展红于火,
重负难甘要立身。

其三

雄鸡一喔便红天,
鼠窜狼逃散似烟。
黑手农夫抓大印,
喜拥万里自由天。

其四

一代红英争放蕾,
鞭花炸处俚歌谁?
吆牛本是民兵女,
布谷初啼鼓已催。

其五

狂风疾雨扫苍穹,
七色虹桥远架空。
败叶泥污皆涤尽,
百花霁后更添红。

其六

大小伊山几墨砣,
柴沂二水若青罗。
黄淮亦是生灵地,
志士仁人屡出多。

浪淘沙　喜雨
一九六七年九月

大野起长风,
翻卷云彤。
雷霆滚落九重空。
喜见高天弧电舞,
澍雨淙淙。

天际正飞虹,
千里葱茏。
山河一派换新容。

兄父开颜争告我：
"有望年丰。"

少年游　别友人
一九六七年秋

未忘绿雨涨荷池，
陋室辩疑题。
夏冬几度，
谁知凉热，
今却话分离。

轻舟载客匆匆逝，
明夜泊何溪？
垂柳津头，
碧桃园里，
惟待寄新诗。

祭友父
一九六七年十月

南风欲断弦，
逐鹿下中原。
屡涉江淮水，

又趟齐鲁川。
躯高千树矮,
血碧一山丹。
铁马今安在?
漫山红杜鹃!

满江红　寄友
一九六七年十月

天阔云闲,
抬望眼,
心潮未歇。
昨夜梦,
跨鞍舞剑,
鞭花崩裂。
冷雨热风纤发乱,
惊涛骇浪坚心铁。
挚友情,
十里杏花潭,
难分别。

烽烟起,
惊寒鹊,
旌旗乱,
思明月。

试与君展翅,
纵观山岳。
青失遥山缘腊致,
翠归近岭依春掠。
共携手,
且任路崎岖,
同迎捷。

雪
一九六八年二月

尘寰一夜着琼装,
晨看风扬雪愈狂。
曲水无波凝翠镜,
崇山有骨矗银枪。
松青根绕冰犹劲,
梅白心开冻益香。
搔首苦吟初纵目,
若轮红日出东方。

沁园春
一九六八年二月

　　雪沃苏北,银妆素裹。忽忆二十年前的淮海大战,盛赞今日变化,遂成此词。

寒气萧森,
刀雪纷扬,
玉砌壤穹。
忆弹痕遍地,
车轮滚滚,
硝烟罩野,
战鼓咚咚。
关外回兵,
长淮奏凯,
痛扫魔魑降恶龙。
凭江北,
迅挥戈南指,
笑定寰中。

昔年岁月峥嵘,
问苏北今朝谁竞雄?
看沉沙折戟,
绿杨似雾,
通天弯辙,
长路如虹。
新港轮驰,
古彭煤涌,
一洗悲辛换旧容。
须晴日,
赞东风到处,
万紫千红。

卜算子　咏梅
一九六八年三月

大地荡东风，
满目青红紫。
忽记冰垂百卉殚，
独有梅燃帜。

腹孕报春心，
未惧寒冰忮①。
冷眼群芳蚁附②春，
宁抱香枝死。

注：① 忮：zhì，忌恨。　② 蚁附：如蚂蚁叮骨一般吸附。

陵园感赋
一九六八年清明

风高水急白帆飞，
不尽思潮滚滚回。
碧血已凝桑梓绿，
丹心早化锦霞辉。
喜瞻赤县明红帜，

乐盼环球激旱雷。
年少未丢英烈志,
生当靖难死如归。

水调歌头　怀诸友
一九六八年十月

水洗柳梢月,
回梦觅朋踪。
似闻当日歌吼,
入暑火云烘。
有恃舌锋叫板,
无惮毛锥对阵,
忘却是股肱。
葵属皆朝日,
何竹不吟空?

熏风起,
人相别,
似从容。
而今耕种收割,
早已识曈昽①。
目恋飞帆激浪,
心系碱滩良种,
孰料梦魂通?

且复吆牛走，
但喜戴霞红。

注：① 曈昽：天将明貌。

满庭芳　雪夜听母忆旧有感
一九六九年二月

飘逸如烟，
纷扬似絮，
照眼千树梨花。
雪摧松柳，
更霰打蒹葭。
母说陈年旧事，
当恨那，
银野无家。
窝篮里，
啼嚎任我，
乞路噪寒鸦。

堪夸，
旗漫卷，
民欢村落，
春闹天涯。
喜娇花溅露，
嫩笋披霞。

试看风流所爱：
穿云雁，
破雾征槎。
凭何怨，
躬耕陇亩，
接掌旧犁铧？

回乡务农即事(二首)
一九六九年夏日

其一

伫立长堆胆气宏，
风光入眼不相同。
绿杨展袂春风舞，
金麦扬波暑日烘。
黄菊傲霜非杏月，
青松欺雪是梅冬。
初怀壮志登高处，
破雾征帆直指东。

其二

岂可书生意气冲，
前途漫漫雾重重。
心头未忘贫根本，

耳畔时闻老愚公①。
奋劈荆榛铺道广,
精分良莠觉春浓。
此身原是农家子,
只盼乡人不受穷。

注：①"愚"为平声,此处应用仄声,而"愚公"已成专有名词,为达意,故存之。

如梦令　插秧
一九六九年夏

浓雾田阡人影,
红日树梢初蹦。
忙煞插秧人,
摆首弯腰撅腚。
争进,
争进,
黄水绿秧霞映。

西江月　晒粮
一九六九年暑日

灼目骄阳烘晒,
折腰探木①翻抄。

柳阴难得瞌难熬，
又怕鸟儿来搅。

赛马乌云浪涌，
舞蛇闪电柯交②。
晒场抢谷急如燎，
一阵狂飙晴了。

注：① 探木：方言，指一种"T"形的翻晒谷粮的农具。
② 柯交：如树枝般的交叉穿插。

如梦令　摆龙门阵

一九六九年秋

收罢场泥如镜，
悬月清风添兴。
熙攘众乡邻，
耸耳息屏伸颈，
当庆，
当庆，
得胜子荣行令。①

注：① 指《林海雪原》中杨子荣于威虎山凭智勇杀栾平，行号令事。

寄友人

一九六九年十二月

银河浩渺斗横斜,
伫对霜风念友家。
倚柳同敲长短句,
凭窗共读夏春花。
烟云五载溶波月,
一代风流出井蛙。[①]
何日碱滩尝稻米?
目追鹰迹到天涯。

注:① 此腹联前四字为交错对。

沂河工地即事(三首)

一九七〇年四月

其一

雀翎安可御狂风?
且看飞鹏击碧空。
我视挑河[①]炉一座,
残渣退尽出黄铜。

其二

清明时节雨连绵,
荷重泥车滞不前。
未见柳梢初着绿,
工棚诱我是炊烟。

其三

巍巍铁闸锁长堤,
浩浩盐河岸柳披。
淌内②青畴平若镜,
无边秀景亦堪诗。

注: ① 挑河:方言,即开浚河流。 ② 淌内:指沂河淌,新沂河无水季节,则成数百里平畴。

细雨出工
一九七〇年五月

襟袖沙尘杂墨痕,
乡间四月最销魂。
此身合是农家味,
淋雨插秧我笑频。

沁园春　梦回有记并寄窗友

一九七〇年六月

风摆青芦,
雨打菱荷,
激浪未平。
忆梦中敲案,
醉成佳句,
滩头信步,
懒话艰辛。
柳岸轻歌,
长堤平眺,
旭日初红松树林。
抬眼望,
正掠风而过,
铁臂雄鹰。

怎忘旧事纷纭,
怀朝日如痴望斗星。
忽乾坤旋转,
务农二载,
光阴倏迫,
搁笔三春。
戴笠披蓑,

插秧刈麦,
农妇村夫多说"行"。
凭谁晓?
这少年白发,
源自愁襟。

寄友人
一九七〇年七月

又是狂风疾雨时,
孤檠似豆映眉低。
同窗已作星云散,
异地何曾聚斗泥①。
塞外巡骑人惕惕,
田阡荷耜日迟迟。
天涯手足今归梦,
此种深情谁可知?

注:① 斗:dǒu,星斗。此颔联末三字为交错对。

二 辑
(1971—1978)

念奴娇　影片《红旗渠》观后
一九七一年初春

太行扬首,
数中原,
今古几多豪杰。
铁马秋风争逐鹿,
尚剩几家宫阙?
风散黄烟,
草埋白骨,
雨涮征人血。
江山易主,
赢来民众雀跃。

天作山障西东,
岭东水贵,
叹地如龟裂。
林县人民多壮志,
誓引漳河清冽。
悬壁挥锤,
穿山凿石,
几代人踪接。
红旗渠首,
高歌中豫新业!

满江红　送友人

一九七一年八月

八月初凉，
风渐爽，
舟人低唱。
骤雨歇，
树笼微雾，
橹斜波荡。
离笛声声鸣晚照，
飘丝缕缕熏新酿。
自此行，
当可更飞腾，
心犹怅。

五年事，
当未忘，
三尺桌，
同裁量①。
记轻拈粉笔，
动容模样。
敬业事成终有报，
脱锥②人赞今初旺。
极目处，

天际伴霞飞,
鲲鹏壮。

注:① 量:此读 liàng。　② 脱锥:即脱颖而出意。

中秋怀友人
一九七一年中秋

金风瑟瑟又中秋,
雁叫星天念旧游。
欲寄心书无去处,
且凭圆月慰良俦。

满庭芳　感事
一九七一年初冬

瀚海沙飞,
苍穹雷震,
孰料叶下长安。
年来风劲,
弄雨覆云翻。
世上从无尽美,
顶峰说,
岂只狂言。
今余得,

登台数载,
魂断暮云边。

空言当盛日,
晋关①灭寇,
辽吉歼顽。
竟祸心裹体,
毒焰熏天。
逆势犹如桀犬②,
终难脱,
自效缚蚕。
公心在,
朝阳喷彩,
万里照河山。

注:① 晋关:指山西繁峙县的平型关。 ② 桀犬:郭沫若有"桀犬吠尧堪笑止,泥牛入海无消息"诗句,今用其意也。

春游有感
一九七二年三月

小园深处赏新葩,
绿柳长丝绕岸斜。
情似大潮奔涌去,
原来丽景在农家。

寄友人(六首)

一九七二年八月

窗友来访,盘桓数日,成诗六首,别后方寄。

其一

桐阴若盖绿长街,
夜雨无声浥细埃。
蝉哑树梢莺鼓翼,
却缘窗友驭风来。

其二

三年阔别又重逢,
屈指滔滔说纵横。
有志男儿能击水,
盐河浪卷看飞篷。

其三

不似当年气宇昂,
叹兄亦染数斑霜。
凭君德艺莳园圃,
桃李当飘万里香。

其四

更深屈指说同窗,

五载霜风放眼量。
自奋安因春易去？
暮年回首怕荒凉。

其五

相聚匆匆又别离，
问君后会待何时。
柳条难晓主人意，
只是朝东不向西。

其六

手挥一去又经年，
似箭轻车若雁旋。
聚散人生安有定？
相知惟盼月团圆。

江城子　《杜鹃山》观后
一九七二年八月

杜鹃山上恨涛狂，
看云忙，
怒填腔。
义旗戟指，
赤胆斗群狼。
起落三番迷路径，

图胜利,
苦无方。

胸怀朝日下井①冈,
履凶途,
诉衷肠。
红心似火,
融雪润春芳。
坚信真经惟马列,
天下白,
路悠长。

注：① 井,仄声,应用平声,"井冈"不可改,为达意,故存之。

八声甘州　述怀

一九七二年九月

正凄凄晚雨落长天,
一夜洗新秋。
觉晨风正爽,
树悬翠玉,
霞舞红绸。
津口轻烟长笛,
帆顶过渔鸥。
目送门前水,

滚滚奔流。

独负天辽地阔，
有风光无限，
志却难投。
叹贲张热血，
难染雪沾头。
慕新松，
未甘蒿里，
傲西风，
蓬勃绿枝虬。
争①知我，
登高眺远，
望断鹏游！

注：① 争：怎。

颂中日建交
一九七二年十月

天空海阔艳阳高，
九亿神州正弄潮。
千载菊篱新蕾进，
百年棘障阵烟消。
莫教妖雾迷航道，
须遂众心过浪桥。

但愿明朝寰宇里，
群山妩媚水娆娇。

夜雨霁月
一九七二年十一月

桐叶敲更雨，
思潮泛五湖。
杏桃香故宅，
槐楝绿新庐。
萍水相知晚，
雁天惟叹孤。
雨停何所见，
举目月如珠。

闻道越战结束(四首)
一九七三年一月

其一

忽闻南越乱云收，
一霎风传遍地球。
四海潮奔人尽喜，
十年血战鬼皆愁。
红河滚滚经时难，

翠岭巍巍铸国仇。
幸得山河依旧在,
飞思远望豁双眸。

其二

北湾炮火记初惊,
南亚纷纷走兽兵。
钢履践跋①芳草地,
铁蹄蹂躏绿椰林。
浊波浩荡兼天涌,
绝壁崚嶒拔地擎。
义战而今终得胜,
应歌马列实英明。

其三

分明往事一条条,
战级攀升步步骄。
独有英豪能捅虎,
更无雄杰怕缠镣。
齐心自古招福树,
失道由来惹祸苗。
十数年来新旧恨,
于今忆起尚难消。

其四

休言顽敌入穷途,

兽性难移从未殊。
北岭原非游马地,
南洋岂是钓鱼湖?
欲平天下呼雄士,
再造江山笑懦夫。
激浪滔滔频寄语,
勿将前史掷流渠。

注:①跶:此读 tā,拖沓意。

别友人(二首)
一九七三年二月

其一

握别霜天一瞬中,
车驰归路意难通。
人生未必如初见,
惟愿友情净若虹。

其二

千仞青峰矗上苍,
江河万里奔①东洋。
今生最爱溪山境,
岂慕昙花一瞬芳。

注:① 奔:此读 bèn。

感 事（二首）

一九七三年三月

其一

长夜沉沉入睡难，
春风料峭未知寒。
天涯暮雨曾连膝，
咫尺朝云却隔山。
岂是无情吟醉语，
原非有病起狂澜。
寄言皎月浑无觉，
但见浮云独去闲。

其二

男儿不可自消沉，
日转星移孰有情？
探险休迷歧路口，
求真未惜苦吟身。
登山备觉苍天远，
击水方知暗涌深。
本应静心游学海，
安能枉度掷黄金！

感 兴
一九七四年元旦

磊落平生事，
云何诡者流？
须坚修行①志，
但把善真求。

注：① 行：此读 xíng，德行之行。

坝 上（二首）
一九七四年三月

其一

曲拱长桥悬亮灯，
春涛彻夜尽喧腾。
车来人往纷纭地，
轮笛初鸣是几更？

其三

人喧汽笛鸣，
桅蠹密如林。
暮送风帆去，

朝将铁驳迎。
纤夫衫尽湿,
扛妇①背犹撑。
激浪奔腾下,
夜深听更真。

注:① 扛妇:指抬扛装卸的女工。

路 遇
一九七四年六月

轻撑缓棹绿波翻,
巧遇原归不意间。
似水柔情安足念,
莺雕都慕自由天。

感 兴(二首)
一九七四年六月

其一

世间常说蜀途难,
安晓做人胜入川?
立志如登崎路径,
效仁无敌莫为奸。

其二

漫夸三月好风光,
初夏秧青麦透黄。
桃李应当明眼看,
一遭狂雨地沾芳。

偶翻旧作有感
一九七四年七月

十年杨树阴如盖,
润雨栉风初锻才。
豪气一腔冲斗汉,
诗词百首道襟怀。
青春本配腾光焰,
铁骨原该铸口碑。
不愿今生庸碌度,
雄心一展跃高台。

读 史（十八首）
一九七四年秋冬

其一

煌煌历史若长江,
九曲萦回奔①大洋。

龙鳖混游波浪里，
是非曲直费思量。

其二

成汤桀纣位居尊，
奸相权阉乱转坤。
数尽三千兴废者，
何须棺盖定评文？

其三

无边春色夺洪荒，
虎视神州扫六强。
秦政一归垂旷古，
奸人倒逆跳空梁。

其四

茫茫人世历沧桑，
几代纷纭几代强。
温史本当资习用，
厚今何止一秦皇？

其五

励精图变君为首，
十载嬴秦成霸雄。
车裂寝终^②何所异，
临风咆哮悼商公。

其六

怒潮奔涌震咸阳,
源起揭竿大泽乡。
凭甚检评秦汉史,
淡描陈涉重刘邦?

其七

拔山盖世实强雄,
拒谏无谋竖子同。
钓誉分封天意忤,③
乌江徒叹剑花红。

其八

弄权无信亦张狂,
翦羽拜坛唏未央。
品格高低何足论?
云扬风起正飞觞!

其九

汉武雄才旷世稀,
经天略地制机宜。
外儒内法操持巧,
此后何朝不照依?④

其十

身在茅庐对策雄,
联吴抗魏友诸戎。
图川焉是平生志?
六出祁山尽一忠。

十一

扬威官渡争驱马,
碣石诗当和铁琶。
因性藏奸涂白脸,
枥间依旧慕飞霞。

十二

阖目神驰古帝京,
冕旒异服乱纷纷。
长安车水马龙地,
屡见诗人拎袖吟。

十三

为文仕宦两称雄,
敢把泥污涤荡空。
封建论惊天地骇,
任凭白眼笑河东。

十四

从古炭冰不一炉，
佞奸却把眼眉舒。
诋诬只用"莫须有"，
待上凌烟岂阙如？

十五

处身末世志犹雄，
变法安能治首凶？
刚直难逃群犬吠，
唯留美号"拗相⑤公"。

十六

能将宇宙纳深衷，
无奈仕途山万重。
纵有苏堤风拂面，
问谁敢唱大江东？

十七

莫道荼蘼花事了，
褪红卸紫孕梅苞。
古稀未曲刚强项，
李贽笑将朱矮嘲。

十八

世代原非轮转回,
存亡颠倒几休悲⑥。
江山代有能人出,
不改依然是落晖。

注：① 奔：此读 bèn。　② 寝终：指寿终正寝,无疾而终。　③ 此句指项羽废郡县制,行分封制,逆历史潮流而动。④ 此句指汉武帝外尊儒术,内藏法刑,历代帝王多有效法也。⑤ 相：应平而仄,为达意,存之。　⑥ 休悲：即喜悲。

贺友嘉礼（二首）

一九七四年九月二十一日

其一

朋遣喜鹊把书传,
何用苍槐①合两贤。
绿竹红梅皆显秀,
征鸿归雁并流连。
谊交五载同摇橹,
情到白头共策鞭。
记取鸡鸣常戒旦,
莫忘奋进趁华年。

其二

可记听琴到小村,
今宵笑语透云层。
洞房霞蔚新佳丽,
茅屋酒醺旧友朋。
今日我兼尝稻米②,
来秋君合庆弧辰③。
瓦璋④定具君奇慧,
从此前途照眼明。

注：① 苍槐:用《天仙配》老槐作媒证故事。 ② 尝稻米:五年前,曾有去碱滩尝新作稻米之约。 ③ 弧辰:古习俗,生男孩在门左悬一张弧弓。悬弧之辰:男子生日。 ④ 瓦璋:古称生女孩、男孩为"弄瓦""弄璋"之喜,即以"瓦"(一种绕线的纺锤)"璋"(玉)代女孩、男孩。

戏 题

一九七四年十月

夜来风骤,吹倒屋侧泡桐一株,戏以咏之。

七尺扎沙堆,
三年大一围。
翠芽因雨茂,
玉管怕霜摧①。
无意钻须②远,

有心攀月偎。
飙来连本起,
根浅怨能谁③?

注:① 玉管:泡桐嫩干。 ② 须:根须。 ③ 怨能谁:能埋怨谁呢?

西溪夜渔
一九七四年十月

夜渔青石畔,
悬月亮天灯。
树远溶烟墨,
溪弯泛碎银。
棉铃含雪絮,
稻浪送香芬。
破晓三声号,
吹飞半网星。

朋访即事
一九七四年十一月

访朋焉惧路迢迢,
征险爱追三尺潮。
灯火小楼思故旧,

盐河曲岸看新桡。
水云原是逍遥客,
山石堪肖莫逆交。
过眼时光如箭影,
怎甘一世没蓬蒿!

十六字令　乡村四季(四首)

一九七四年冬

其一

春,
汛发无声化冻冰。
鞭花脆,
炸落启明星。

其二

夏①,
老柳新荷实可夸。
农家女,
采藕闹塘洼。

其三

秋,
稻海无边荡锦绸。

乡人乐，
竞在浪中游。

其四

冬，
筑坝红旗舞朔风。
呼声急，
恰似浪奔空。

注：① 夏，为仄声，应用平声，考虑四首形式的统一，故存之。

生日有感

一九七四年十二月十七日

风雷一换九州容，
廿七春秋若望中。
聪颖欠通人世故，
气豪敢睨海天空。
触机①常恐根犹浅，
失意时磨志不松。
而立将临无造就，
岂甘颜赧倒壶盅？

注：① 触机：意为接触到机遇。

沁园春　元旦述怀①

一九七五年一月

风雨神州，
浪息冰消，
宇朗日红。
望寒山人闹，
银渠绕岭，
荒原机吼，
井架排空。
轮弋三洋②，
麦香两藏③，
关外松青春意萌。
南海浪，
伴西沙螺号，
响彻寰中。

江山一派新容，
靖恶浪阴风败毒虫。
颂万难不屈，
披荆斩棘，
千磨仍劲，
傲雪吟风。
思治人心，

酬勤天道,
早盼中华睨众雄。
悲歌壮,
速跨鞍纵马,
直捣黄龙。

注：① 此词写于邓公复出之月,能人主政,山河为之一新。但囿于认识,对当时形势仍是估计不足,难料后之反复也。　② 三洋:指太平洋、印度洋、大西洋。　③ 两藏:西藏可分为前藏后藏。

乡村雨后杂咏(六首)

一九七五年四月

其一

知时好雨绿天涯,
流翠新渠漾晚霞。
乡里人勤春亦早,
正忙春种又催芽。

其二

雄鸡一唱报黎明,
云破天开露嫩晴。
公社干群来更早,
水田已现数畦青。

其三

雪花谢尽菜花肥,
风卷红旗贴岸飞。
春色亦如秋色好,
声声号子若奔雷。

其四

春润菜花满眼金,
一池春水玉镶成。
溪芦仍具赏心绿,
草木无知我有情。

其五

蛙鼓声声起又停,
连阴能不盼晴明?
喜悲因物寻常见,
识时通变几人能?

其六

寻诗何止觅桃枝?
慧眼神思造化奇。
若有翻天惊地事,
焉无动魄壮怀诗?

赠友人（古体）
一九七五年五月

郝圩四月雨潇潇，
离绪杨柳各千条。
同舟未必皆良友，
共济方可成至交。
评点古今抒抱负，
望断云天慕鹏雕。
临别一言请记取，
莫负佳名效舜尧。

读李白诗选
一九七五年五月

谪仙斗酒笔千言，
前后诗才无比肩。
未愿折腰攀显贵，
岂须堆笑拜皇权？
梯田叠翠银河绕，
蜀道重峦铁线穿。
公若今朝观此景，
诗成岂止啸中原！

闸上所见(四首)

一九七五年六月

其一

登闸眺东方,
晨风送夜凉。
赏心霞炫丽,
悦目大鹏翔。

其二

柳舞碧波旋,
花燃众语喧。
浣衣人笑我,
不晓是桃源。

其三

乡村如画里,
展眼望晴空。
金麦高低垛,
白帆无有中。

其四

野渡有横舟,

船夫去未留。
夏忙闲客少,
荡桨自漂流。

废黄河上吟成
一九七五年八月

壮矣废黄河,
高吭入海歌。
夺淮逢乱世,
治国伏洪魔。
新果飘香淡,
苍林染墨多。
当年黄泛地,
灯挑①诱螟蛾。

注: ① 挑:此读 tiǎo,稻田中有电灯在诱捕螟蛾。

西江月　涟水
一九七五年八月

五岛葱茏花卉,
一河浩荡波涛。
安东①今易旧风骚,
十里长街欢闹。

摧塔炮声②已逝，
沐松秋雨新浇。
战天斗地喊声高，
不减当年号角。

注： ① 安东:涟水古称安东。　② 摧塔炮声:解放战争时,华野部队于苏中苏北屡战屡捷,其中一战即为涟水保卫战。

月下咏怀有寄（古体）
一九七五年八月

孟秋子夜来清风，
冰盘皎皎夜溶溶。
对月不禁深发问，
何故常缺去匆匆？
可是吴刚叹身老，
不若当年气盈胸。
日日伐桂终不倒，
心未尽矣力已穷。
许是嫦娥悲掩面，
霓裳久罢广寒宫。
羿王而今身可健？
独对碧落三万重。
思潮奔卷如波荡，
游子多似月西东。

异乡时将桑梓望,
遥隔薄雾意难通。
薄雾隔,意难通,
余心耿耿托飞鸿。
飞鸿一翅度关山,
目断关山忆华年。
三月凭窗同学位,
东风始到桃花潭。
独怜黄花娇且瘦,
难得心诚赤如丹。
共浴热风走阡陌,
未觉露冷夜已阑。
心贞哪怕路崎岖,
眼明未惧沙飞卷。
情深焉须明说破,
旧袄也能暖心宽。
忽有雷霆震五湖,
万里一望尽火荼。
徒步广陵不知苦,
笑视江涛若坦途。
雨花台高松滴翠,
玄武湖小水平铺。
鸿雁为侣傲长天,
浪里比目任浮游。
傲长天,任浮游,
知音果然愿已酬。

柴门草舍喜鹊闹，
同践鸥盟共白头。
奔流门前三春水，
辛劳寒舍七冬秋。
安因红褪怨春逝？
未由翠落恨秋凋。
贫穷不改平生志，
岁月徒掘额上沟。
谁知世事不由人，
人生原来路不平。
烦愁未移女儿志，
挫折怎易赤子心？
笔到此时龙蛇舞，
回思旧事更怜卿。
春梦偕君同驱马，
共我青山慕鹏鹰。
奉老育幼千斤担，
跋山涉水相伴行。
天高远矣地辽阔，
前路漫漫有光明。
曲流终究东向海，
关山安足寄深情？
肺腑之言常共勉，
行必有果言必信。
言之光明行落落，
世不留人世留名。

书未尽,夜已沉,
一声幽叹透空庭。
何药能疗心头痛?
月夜更思梦中人。
应料梦中心相印,
同望云破月儿明。

篱　菊
一九七五年十月

东篱小菊笑霜凝,
慷慨金风送素馨。
不晓秋深谁可伴,
寄怀难得一操琴。

黎城行
一九七五年十二月

黎城初醒浴朝晖,
井架巍然破雾帷。
鼓浪张张帆竞往,
绕堤猎猎旆翻飞。
山崖时有响鸣号,
湖畔能无落闷雷?

车掣莽原开眼望,
滔滔热涌扑心扉。

水调歌头　读主席《词二首》
一九七六年一月

万朵彩云聚,
霞蔚井冈山。
点评今昔功罪,
诗笔卷狂澜。
当日腥风血雨,
今载歌莺舞燕,
早已换人间。
五哨举头望,
大地有烽烟。

号冲天,
毁琼阁,
倒仙山。
大江东去,
穿峡裂地翥千帆。
冷眼泥沙泛起,
笑看江葭摇曳,
势壮岂能拦?
唯见几王八,
缩颈在沙滩。

八声甘州　痛悼总理

一九七六年一月

叹晴天霹雳震神州，
亿众哭难休。
痛江河潮涨，
塞边雪卷，
群岭低头。
望断千山万水，
何处不堪留？
大业正谋划，
公竟云游。

瞻顾暑寒六秩①，
多烽烟岁月，
马背春秋。
闯狼窝虎穴，
赢得万民讴。
襄中枢，
万机日理，
拂沉疴，
率众策鸿猷②。
当凭我，
望空遥拜，

泪洒江头。

注：① 六秩：指周总理从事革命与建设工作凡六十年。
② 鸿猷：鸿图。

读某报而愤书（四首）
一九七六年三月

其一

惧甚阴风浊浪狂，
谈何云厚锁青冈。
国人早具金睛目，
冷看群仇又巧妆。

其二

蛟鳄灵前珠泪挤，
骨灰未冷露杀机。
任凭耍尽江湖术，
天道民心不可欺。

其三

谁言死去万般空，
泰岳巍巍傲众峰。
伟绩何须书竹帛，
恩公永立我心中。

其四

雄心烈烈观青史,
怒目睽睽暮霭低。
花谢焉无花放日?
落潮原有涨潮时!

乡行所见(二首)
一九七六年六月

其一

繁茂村边树,
迷蒙陌上烟。
插秧曦色里,
铺翠接霞天。

其二

榴花红照眼,
蒲叶绿如蓝。
人闹风偕语,
荷倾玉乱弹。

大风雨中①

一九七六年六月

翘首望熹微②,
遮天乱絮飞。
黑风摧草木,
白浪袭帆桅。
潮怒因风助,
山岩任雨吹。
霁空骄日照,
万象共争辉。

注：① 系指是时国内风雨飘摇之形势也。 ② 熹微：阳光未盛貌。

悼毛主席（七首）

一九七六年九月

巨星殒落，心如箭穿，哭笔成句，谨以为悼。

其一

谁知云外落雷霆，
惊颤电波传噩音。
碧海潮翻倾一柱，

苍穹色暗殒三星。
搅天雪片①纷纷至,
卷地哀潮叠叠生。
痛煞九州劳动者,
遥瞻北斗几沾巾?

其二

末代英豪志不凡,
高持火炬烛人间。
群魔乱舞均须扫,
绝壁拦途俱可攀。
博览惟求匡世药,
徒行但觅救邦丹。
一朝真理操于手,
敢教山河易旧颜。

其三

沪上齐惊刁雪稠,
春花讵料遇寒秋。
英雄气壮翻天路,
领道②心丢拯世谋。
天下本从枪杆出,
江山岂可奉奸酋。③
井冈大道从兹始,
待看黄洋接五洲。

其四

虎狼侵室险难纾,
黑雾如磐压赣区。
应恨湘江遭血染,
却欣遵义遇霞铺。
雄关上下歌残日④,
赤水来回睨蠢驴。
伫立高原驰目望,
沿途火种胜秋荼。

其五

空前绝后实雄才,
率众翻天覆地来。
窑洞筹谋思救国,
山城捭阖笑坍台。
牛腾火海霸图烬,⑤
虎跃金陵帝梦灰。⑥
昔日汤池成笑料,
江山收拾再安排。

其六

黑夜难明是冷冬,
东方破晓海天红。
千山抖擞展虹彩,

万水奔腾唱大风。
挥斧劈开新世纪,
扬镰割断旧乾坤。
金光道上人昂首,
共颂开天一代雄。

其七

吟鞭直指旧京华,
"赶考"⑦箴言信不差。
入市多思禾下土,⑧
为官谨惕弹头花⑨。
前生岂只迷三斗⑩?
后继当须利万家。
四卷雄文长在手,
九天雨霁盼虹霞。

注: ① 雪片:指世界各国之唁电。 ② 领道:指当时党的领导人陈独秀。 ③ 此腹联末三字为交错对。 ④ 残日:主席有"残阳如血"词句。 ⑤ 此指抗战胜利,日寇投降。 ⑥ 此指解放军兵入南京,蒋家王朝倾覆。 ⑦ "赶考":一九四九年,党中央迁入北京,主席曾有"进京赶考"一说。 ⑧ 入市:指进入城市,"禾下土",古诗有"汗滴禾下土"句。 ⑨ 弹头花:主席曾告诫,掌权了,要谨防敌人的糖衣炮弹。 ⑩ 三斗:主席有"与天奋斗,其乐无穷;与地奋斗,其乐无穷;与人奋斗,其乐无穷"语。

十月放歌（八首）
一九七六年秋

其一

激情难按跃高台，
峻岭奔驰入目来。
一曲狂歌冲宇内，
欢呼国贼挂囚牌。

其二

六日天新映碧霞，
春风十月遍天涯。
面前尚有硝烟绕，
心里吹开万朵花。

其三

金秋大地焰飞腾，
标语满城欢满城。
似海人潮催浪涌，
惊天怒吼遏云行。

其四

几多长夜梦难回，
国置汤炉势欲危。

公道挽澜于既倒,
人心共愤起奔雷。

其五

翻云覆雨弄邪门,
暗箭明枪实佞臣。
从古逆施无善果,
如今冷眼看回轮。

其六

三星殒落雾迷空,
地震何如四害凶?
继往开来人稳健,
擎天扶地定寰中。

其七

提河直泻涤尘污,
幸得东风染画图。
总理云霄当笑慰,
扬眉换盏入屠苏。

其八

不辞征道万千难,
合力齐心破险关。
彻治疮痍须国手,
欲成伟业更催鞭。

望海潮　总理逝世周年祭

一九七七年一月八日

塞关镶玉，
寒江凝碧，
莽林尽献梨花。
松海咽鸣，
群山肃穆，
年来时忆悲笳。
喜讯报天涯。
怒潮卷堆雪，
春沐中华。
祸水齐倾，
艳阳高照九州家。

伤心去岁一八①，
任眸泉如涌，
声不能哗。
伟绩巨功，
高风亮节，
安凭小丑腌臜？
民怨沸京华。
佞虏今安在？
笑煞飞鸦。

堪慰恩公,
故国重谱七虹霞。

注:① 一八,均仄声,应用平声,因一八不可改,故存之。

初 春
一九七七年二月

雾色苍茫露湿埃,
晨风得意柳枝裁。
泥融小草初舒眼,
燕唤新桃快鼓腮。

旅次记梦
一九七七年三月

似伴中秋赏月明,
顽儿跨颈女尝菱。
匣①中正演杨家将,
大破天门妻笑频。

注:① 匣:指收音机。

答友人

一九七七年初夏

初识绿杨村,
相交若弟昆。
逢难同展臂,
遇幸共开心。
夜去知阳暖,
晴来盼雨深。
回眸携手处,
忽见一鹰腾。

夏忙札记(二首)

一九七七年夏

其一

盛夏少闲暇,
工余急奔①家。
晨行鸡罕起,
夜转犬多趴。
刈麦腰无主,
栽秧腿属他。②

盘中如玉馔,
岂是笔生花。

注：① 奔：此读 bèn。　② 此联说的是割麦、插秧之辛苦,腰酸腿痛,仿佛都不是自己的腰、腿。

其二

天边欲露红,
鸡眼尚惺忪。
惜母炊将熟,
怜儿觉正浓。
肩锄阡陌上,
薅草稑田中^①。
土结刨难透,
缘毛利胜锋^②。
青篷^③因汗湿,
赤臂任阳烘。
奢矣半瓢水,
快哉一缕风。^④
回眸苗秀野,
举首日悬空。
偶作安称苦？
由衷赞老农！

注：① 薅草：方言,锄草。稑田：方言,玉米地。② 锋：玉米叶边缘有毛刺,状如锯齿,甚为锋利。　③ 青篷：青竹或芦柴所编之斗笠,俚称斗篷。　④ 锄田于烈日之下,难得滴水丝风,若得之,则觉奢侈,痛快也。

有　感
一九七七年六月

细思方晓立身难，
素绢无心易染斑。
涉世当知朱墨诫，
仰天未视利名缠。
红黄景换人犹在，
黑白风旋兴早阑。
此辈休为尴尬事，
焉须愧泪洗容颜？

共　勉
一九七七年六月

常恋银华洗夜天，
深情恣意泻毫端。
十年共苦非凡事，
一辈同甘是秘诠。
应沐春阳鸣短笛，
当披夕照躞长阡。
扶家立业千斤担，
与汝相撑敢息肩？

登楼即景
一九七七年六月

拥醉上层楼,
韶光不胜收。
高丘随意绿,
曲水可心幽。
只雁初张翼,
双莺正婉啾。
轻舟如箭疾,
谁在弄潮头?

沁园春 《烈火中永生》观感
一九七七年十月一日

万里东风,
一夜催春,
冻化雪消。
喜天安广场,
红旗若画,
中原大地,
欢浪如潮。
力拔三山,

捷传四海,
戈指西南卷巨飙。
头纵断,
见春临故国,
能不神飘?

真金岂怕炉熬?
为大众翻身竞折腰。
恨嶙嶙白骨,
撑高公舘,
沉沉镣铐,
锁住英豪。
走肉途穷,
行尸运蹇,
缩颈鸥鸮望大雕。
谁偕我,
为神州奋起,
秣马磨刀?

迎考感赋
一九七七年十一月

余系一九六六届高中毕业,至今已十一年了。忽得天赐高考良机,喜不自胜。觅书攻读,每至凌晨。虽身苦神疲,然前途有望,壮思飞扬,不能无诗也。戏作排律一首,聊以为记。

喜讯①破空来,
知青②泪湿腮。
初闻如木鸟,
再看似顽孩。
展臂娇儿③抱,
扬眉梦魇④摔。
国兴思宝骥,
野旷练驽骀。
浊气迎空吐,
流言就地埋。⑤
雏鹰挣枣棘,
幼笋出蒿莱。
为国当遴杰,
凭家勿卖乖。
当年书入火,
此日师登台。⑥
既得春阳照,
何愁冬冻开?
秒分皆宝贝,
桌凳即书斋。⑦
闭户潜心读,
推窗换气来。
风寒吹发竖,
衾薄冻牙筛⑧。
街寂四邻睡,
更深一影歪。

盆空无热粥,
腹果剩凉白。⑨
脑涨非贪枕,
睛红焉为财?⑩
三周添菱状,
一月脱形骸。⑪
赢得潘郎瘦,
羞无谢女才。⑫
江山谁整饬?
吾辈任量裁!

注: ① 喜讯:指变革高校招生制度,实行择优录取的喜讯。 ② 知青:当时,对国内大批初、高中毕业生之概称。 ③ 娇儿:是时,小儿才满两岁。 ④ 梦魇:数年来各种恶梦之谓。 ⑤ 数年来的心中浊气当为之一吐,而对变革招生制度的各种流言蜚语当予力排。 ⑥ 此句犯三平,"师"无可代,故存之。 ⑦ 单位的宿舍惟一床一桌一凳而已。 ⑧ 筛:意像筛糠样的发抖打颤。 ⑨ 深夜攻读,惟有凉白开水尚可果腹。 ⑩ 此联是说看书熬夜致使眼红脑涨。 ⑪ 此联是对余复习迎考一月左右时间的神、形写真。 ⑫ 腰肢瘦损如晋之潘安,可惜无谢道韫的咏絮之才。

夜雪梦回
一九七七年十二月

月胧梨萼照寒枝,
丛木幽幽探路歧。

不是东神归去晚,
当无微馥袭鹑衣。

春日杂咏（古体·四首）
一九七八年初春

其一

凭甚指贬富贵花？
轻寒料峭亦绽芽。
国色不贮金屋里,
檐前篱边笑映霞。

其二

人羡丹芍应时鲜,
金菊秋风共流连。
且看芳尽英枝俏,
雪刀丛中火烧天。

其三

东风喜占第一枝,
雾柳藏莺仲春时。
云迷深壑诗亦画,
梅倚青松画亦诗。

其四

昨宵今夕属何年?
喜也悲也意缠绵。
须记揾泪别时语,
激流万里路回旋。

三 辑
（1978—1981）

入学感赋（六首）

一九七八年春

余考取南京师范学院，初了夙愿。入学时已是年逾三十的四孩之父了。抚今追昔，感慨万千，遂援笔成诗。

其一

天晴日丽江山好，
地暖风和气象新。
冬虐已离华夏去，
春光亦照草蒿人。

其二

换地翻天三十载①，
风侵雨蚀几徘徊。
如今又上阳关道，
收拾河山再剪裁。

其三

少年豪气上干云，
难得淋漓笔纵横。
转绿回黄弹几指，
而今无恨度秋春。

其四

人生乐事问如何？
奋斗柔情览阅多。
此日程门②花杂树，
钝锋且喜得研磨。

其五

飞檐斗角夺天工，
料得蓬莱此样同。③
异蕾奇葩春色里，
幻然我亦化工蜂。

其六

家园一别到金陵，
四载攻书自此行。
梦里忽将妻子念，
醒来更仰岁寒青④。

注：① 三十载：解放至今已近三十年。 ② 程门：典出"程门立雪"，指校园。 ③ 此句说的是校园之美。 ④ 岁寒青：古云岁寒方知松柏之后凋也。

月下感赋和室友(二首)
一九七八年五月

其一

岂有闲情对月吟?
耳旁隐约异乡音。
心随妙句思沂水,
试倩①南风共鼓篷。

其二

婵娟脉脉窥江城,
千载缘何浪得名?②
华夏历朝人辈出,
几曾慧眼识群英!

注:① 倩:请。　② 历朝诗人赞月诗篇不胜枚举。

游莫愁湖与友邂逅
一九七八年五月

挥手当年说莫愁,
今朝谁料共悠游?
紫亭嫩竹播声韵,

碧凳苍槐话乐忧。
雾起青山追浪去,
云生赤壑带霞流。
心驰古楚江天外,
只为今生志未酬。

乡　思
一九七八年六月

何处是乡山?
丛林望眼穿。
丘追伊岭①翠,
沂②胜大江蓝。
学子攻关苦,
红颜理事烦。
待当荷绽日,
携子共言欢。

注：① 伊岭：指离家不远的大、小伊山。　② 沂：代指沂沭新河。

自　勉
一九七八年六月

男儿有志莫沉沦,

万仞书山拾级登。
学海浩茫无有岸,
驾舟惟赖自撑行。

谜　诗(六首)
一九七八年十月

其一

寄踪平野与山巅,
春色无穷尽占先。
莫当①偷闲观景者,
一生辛苦为人甜。

其二

几番敲打出深山,
碎骨粉身气度闲。
腹有经纶腰似指,
勿讥无口却能言。

其三

肤腻宛如羊脂玉,
纤腰敢让小蛮②输。
深更偶伴攻关者,
焚却冰肌影迹无。

其四

未荡平沙斩贼兵,
森森剑戟蠢圆门。
岁寒敢与松梅伴,
婉啭徐吹又报春。

其五

胜日寻芳不见伊,
自甘伏地衬花奇。
秋霜野火几经难,
但得春阳又染蹄。

其六

夜夜成群逐水滨,
江南塞北总追春。
草根陈涉自曾比,
谁与高天共搏云?

注: ① 当:此读 dàng。　② 小蛮:白居易有"樱桃樊素口,杨柳小蛮腰"句。

八声甘州　中秋
一九七八年十月

中秋之夜,浓云翳月,美中不足。而师生联欢会却甚是热闹。

问婵娟何故锁双蛾①,
脉脉似含愁?
看钟山龙卧,
石城虎踞,
玄武飘舟。
桥上车驰流水,
江面耸灯楼。
若此繁华地,
安不偕游?

恰遇中秋良夕,
喜廊前坪上,
放浪同讴。
展南腔北调,
琴板激歌喉。
莫钩连,
如烟烦事,
待缓弯弓箭唱清秋。
卿来也,
倩②舒广袖,
妙曲吟悠。

注:① 双蛾:双眉,眉如蚕蛾,故称。 ② 倩:请。

述 感（三首）

一九七八年初冬

其一

七十晨昏二百秋，
朝晖暮雨忆良俦。
春宵有处寻婵影，
夏月无端送别愁。
素蕊沾霜群卉妒，
残枝裹雪暗香流。
乡思四季终难解，
哪得南风到楚州？

其二

秋声有意到高楼，
不递乡音且不休。
九日真疑牛入海，
三更却信梦归舟。
时扪夜月思寒暑，
懒对晴空数雁鸥。
忘却梦中身在外，
与君嬉语更觥筹。

其三

知君亦晓思人苦，
坐卧难安似识初。
雾塞晨窗迷望眼，
雨浇夕院隔归途。
梦中如见忘忧笑，
醒后惟翻引睡书。
祭灶当为民吉日，
待观儿女眼眉舒。

沁园春　感事
一九七八年初冬

暮岭披霞，
叠石涂金，
丽景惹人。
况苍茫心野，
一尘未染，
无边眼界，
万籁轻声。
松展虬枝，
菊含香絮，
不意今番遇挚朋。
江南北，

问几多相识，

知我如君？

凭窗时而神凝，

问嘉客谁堪共此心？

忆径幽林密，

泉喷莺啭，

路长梦短，

柳暗花明。

菽茂圩边，

稻香堤上，

遥指苍穹说晓星。

时移矣，

愿志存山麓，

意托江滨。

参观淮海战役纪念馆有感
一九七八年秋

馆前纵目阅河山，

平野泛金林点丹。

卅载①烽烟犹过眼，

万家鳌首②正开颜。

青淮久荡称雄气，

赤县初张破浪帆③。

苏北须追江右步，
吾侪奋跃待加鞭。

注：① 卅载：淮海战役距今已有卅载。 ② 黧首：《韩非子》中有："手足胼胝，面黧黑，劳而功者也。"句，此处黧首指劳功卓著的人民大众。 ③ 初张破浪帆：指改革之风初起。

元旦感赋
一九七九年元旦

忙中不觉又新春，
孰笑鹑衣杂墨痕？
夜雪难伸经世志，
朝晖竟沐读书人。
登峰目断群山矮，
伏案灯催半月沉。
有限人生无限事，
东风助我驾征篷。

郊游口占
一九七九年仲春

霞抹苍林雨染萍，
夭桃溅露蕙含馨。
风光入眼皆春意，
原是心胸正放晴。

与同窗游采石矶有怀

一九八〇年春

悠悠往事越千年,
闻白①斯山羽化仙。
联璧台悬诗灿月,
燃犀渚映影飘天。②
青眸耿介如云集,
白睨奸权似袜嫌。③
一路相争矶石上,
浩茫心境吊江干④。

注:① 白:此读入声 bó,李白,矶上有李白衣冠塚。② "联璧台""燃犀渚"均为采石矶之景点。"诗灿月",说其诗才。"影飘天",传白于此投江抱月而仙逝。 ③ 青眸:青眼、青睐,指人喜欢时,以正眼看。白睨:斜视,指人鄙视时以斜眼看。此联是对李白的人格、精神、爱恶的描述。 ④ 江干:江边。

悼老父(五首)

一九八〇年十月

其一

晴空突暗雷霆震,
母放悲声尽颤音。

弃却针方①坚撒手，
抛开苦痛不回身。
尘寰一念惟家国，
霄壤两思系子孙。
此隔云阳②无达路，
可怜何计慰严亲？

其二

久经万苦与千辛，
先父当称一铁人。
幼失双亲天有眼？③
老依孤子地无凭！④
纷纷雨雪逃荒路，
滚滚硝烟索命程。⑤
宿露餐风常日事，
浓渔罢了笑丰盈。

其三

难能懿德⑥众邻称，
老父堪为一善人。
敦厚温良无僻性，
宽容谨忍有仁心。
叟童忆昔容皆戚⑦，
儿女思今泪若崩。
但得家风传后嗣，
诸孙应记胜黄金。

其四

无情未必是真英,
怜子何须诉语形。
见错常收睛内白,⑧
闻褒屡展目边纹。⑨
粥稀捞底稠归我,
肴少啜汤多属亲。⑩
冷眼知书时忘礼,
文盲敢说不通经?⑪

其五

云天怅望泪空淋,
难报海山罔极恩。⑫
半世酸辛熬岁月,⑬
满途风雨任平生。
时来却恨先严去,⑭
运转惟欣后辈腾。
有语无投谁可诉?
坟前跪拜待清明。

注:① 针方:代指诸种治疗。 ② 云阳:古云逝去为赴云阳。 ③ 父幼年时,我祖父母即相继去世,备受艰辛,恨天无眼。 ④ 老来靠子,而我尚在上学,事业无成,难成依靠。 ⑤ 听母言,解放前,在逃荒要饭途中,曾几遭战乱险情。 ⑥ 懿德:美德。 ⑦ 戚:悲戚。 ⑧ 幼年时,我偶犯错,父也极少怒目而视,更无责罚。 ⑨ 听到我受褒奖时,父之神态粲然。 ⑩ 此联是说,家境虽然贫寒,但父母仍尽心竭力关照

我。 ⑪父虽文盲,然深知为人处世之道,颇得传统美德之真谛。 ⑫《诗经》:"父兮生我,母兮鞠我,……欲报之德,昊天罔极。"指父母对子女的养育之恩无穷无尽,实难报答。 ⑬解放时,父已近知天命之年,前半辈是在热火深水中度过的。 ⑭我上大学,当是家庭时来运转之日,但老父却不幸离去,真叫我痛心疾首。

金陵三十咏
一九八〇年秋至一九八一年春

清凉山

竹繁林茂绿阴长,
驻马坡①前唱慨慷。
寺后南唐余古井,
谁将卧榻事评量?②

石头城

石城已历两千龄,
楚邑吴都记废兴。
我立秦淮河岸望,
依然鬼脸③笑来人。

秦淮河

桨声灯影述秦淮,
媚唱香脂早付苔。

社会畸形人也怪,
而今水净碧空开。

鸡鸣寺

江南古寺数鸡鸣,
袅袅檀香飘到今。
晋殿吴宫埋草径,
人心向佛禁还兴。

胭脂井④

醉生淫死耽歌舞,
敌入台城悔不初。
见井应量亡国梦,
富民强国是征途。

玄武湖

半湖山色半湖城,
环水垂杨拂路人。
鸟语花妍观未尽,
忽来烟雨益空濛。

雪松

莽莽长街列雪松,
斜阳缕缕翠涂红。
未忘初识金陵夜,⑤
飞雪尤增铁骨雄。

三藏塔

覆舟山顶唐僧塔,
雨后凌空浴落霞。
万里孤身千样苦,
迎来佛性熠邦家。

天王府

叱咤风云一俊英,
摇天撼地发新声。
汗青怎记当年事?
功过随人说到今。

煦园

石静波萦不系舟,⑥
煦园默默录风流。
阁空人去丰碑在,
从此共和驻九州。⑦

梅园纪念馆

如磐疾雨压重楼,
一炬冲天照石头。
拒敌联朋功不朽,
周公董老⑧炳千秋。

白鹭洲公园

携友畅游白鹭洲,
柳飘波碧豁双眸。
此园原属王侯第⑨,
今日多为百姓游。

桃叶渡

丽人才子古今稀,
迎渡撑篙韵事遗。⑩
津口尚留碑石在,
万年仍旧好诗题。

乌衣巷

古巷深深曲径通,
谢王⑪池馆早无踪。
物非仍有英名在,
对弈神闲破寇凶。⑫

瞻园

瞻园尚有明园迹,
竹木亭轩错落分。
爽籁堂前鱼鸟乐,
鸣啾却似逗游人。

胜棋楼[13]

腾龙跃虎弈棋堂,
豪气缠梁忆两强。
局至终时呈"万岁",
达名果是不虚扬!

静海寺[14]

静海当年遭辱后,
何曾静海息阴风?
奢谈赢国外交事,
惟惹后人含泪抨!

狮子山

无阁有文六百年,
狮山傲峙大江边。
如今满眼新风貌,
翘望名楼益壮观。

宝船坞旧址

鱼塘历历卧西东,
此处当年造巨艟。
三宝[15]伟功垂万古,
扬帆远海布唐风。

雨花石

雨花石小却迷人，
纹理色斓⑯如玉莹。
慧眼雅题全不弃，
白盂清水倍怡情。

杨邦义纪念碑⑰

雨花台北小山坡，
尚有松涛发浩歌。
奸守弃城公不齿，
剖心当宴又如何？

紫金山天文台

西峰数镜指苍穹，
探宇追星立大功。
华夏由来多俊杰，
新星几唤紫金同。⑱

梅花山

梅树凌春次第开，
红黄绿白放香来。
初闻此系孙权冢，
不舍馨风灌满怀。

明孝陵

檄飞濠上起雄兵,
耀眼红巾赤帝京。
一日成为天下主,
笑将青岭划归陵。

中山植物园

青绒绿帐碧湖傍,
异树奇花竟秘藏。
满眼珍稀多未识,
自惭不啻⑲是科盲。

美龄宫

青松郁郁海棠红,
就势依山筑寝宫。
孰料金陵春梦短,
游人说笑看楼空。

中山陵

崇陵穆穆矗高冈,
叠石层层接碧苍。
博爱能收天下众,
观民觐拜便知详。

无梁殿

殿唤无梁实可骄,
甪施竹木不钉销。
中华自古多能匠,
我睹奇观气亦豪。

灵谷塔

高塔九层八面风,
半城春色入双瞳。
刚收四野葱茏景,
忽响数声晚寺钟。

燕子矶

燕矶昂首势将飞,
咆哮长江若滚雷。
来此百端生感慨,
如斯逝者[20]去难回。

注：① 驻马坡：传云诸葛亮当年曾于此驻马,并有"钟阜龙盘,石城虎踞"之赞。 ② 宋太祖赵匡胤在灭南唐前曾有"卧榻之侧,岂容他人鼾睡"之语。 ③ 石头城有一段沿山建立,中有一块山石形如鬼脸突出墙外,故此段也称鬼脸城。 ④ 陈后主张贵妃荒淫误国,隋破台城,陈、张于此被捉。 ⑤ 余一九六七年初到南京时适逢夜雪,也见雪松。 ⑥ 不系舟：园内有石舫,名为不系舟。 ⑦ 辛亥革命,开共和政体之先河。 ⑧ 周公董老：指周恩来、董必武两位革命家。 ⑨ 王

侯第:白鹭洲公园最初是明代徐达的花园。 ⑩指晋王献之捉篙迎爱妾桃叶于渡口事。 ⑪谢王:指东晋的谢安、王导两位显臣。亦是当时的望族。 ⑫用谢安与客弈棋,闻谢玄、谢石破前秦兵,只淡云"小儿辈大破贼"之典。 ⑬传朱元璋与徐达曾于此弈棋,棋终徐达方子呈"万岁"字样,足见徐达棋艺与用心。 ⑭第一次鸦片战争后,中英于此签订《中英南京条约》。 ⑮三宝:指三宝太监郑和。 ⑯纹理色斓:纹有理,色斑斓。 ⑰杨邦义是南宋抗金英雄,奸守杜充弃城而降,杨不屈,而被当席剖心,从容就义。 ⑱有数颗新发现的新星以"紫金山X号"命名,以彰其功。 ⑲啻:chì,但、只。不啻:不异于。 ⑳《论语·子罕》:"子在川上,曰:'逝者如斯夫!不舍昼夜。'"

别诸友(三首)

一九八一年十二月

其一

时风送柳上青霄,
得意江南草木娇。
力学随园忘早晚,
心驰广宇慕鹏雕。
同窗共榷堪追梦,
异地孤行①待夺标。
陋室②依撑多靠我,
奈何挥手别知交。

其二

追怀往事叹星寥,
来去留痕似镂雕。
灯影北楼闻论静,
竹声西岭伴歌飘。
向阳③煮饺歪壶饮,
临牖涮羊④倾盏聊。
此赴乡关应有念,
南窗文竹共谁浇?

其三

此去谁堪共比高?
盈腔抱负献嘉苗⑤。
待兴故国需才俊,
欲展雄风看尔曹。
岂独弘扬夫子论?
安能癖咏屈平骚!
人生聚散原无定,
再会斑斓悦李桃。

注:①孤行:我独自将回到家乡工作。 ②陋室:寒舍贫家之谓。 ③向阳:校门北侧不远有"向阳水饺店",偶与学友去此打牙祭。 ④涮羊:临别时,窗友曾于"北京涮羊肉馆"为余饯行。 ⑤嘉苗:此指将面对的中学生。

四 辑
(1982—2000)

金缕曲　寄友人
一九八二年夏

半世谁知某？
既疏狂，
似愚又耿，
哪堪回首？
裂眦尘寰翻浊浪，
白眼装乖露丑。
安料得，
春来劫后。
拾级挽弓程门①下，
梦中追入殿登堂手。
凭客笑，
我依旧。

长时却把深情囿。
念天涯，
拙荆倒罄②，
母衰儿幼。
古说红颜多命薄，
今去恩辜众友。
终未忘，
纱窗抚肘。

人魅相拼当见惯,

问前程,

少伴凄凉否?

千种意,

从君剖。

注:① 门:平声。应用仄声、程门不可改,故存之。
② 倒罄:器皿倒置,喻家徒四壁之窘况。

读胡君①《书怀》试和二绝

一九八四年七月

其一

少年豪气阅千山,

奋翻冲天志不凡。

入室登堂谁敌手?

弯弓射鹿可为先。

其二

不惑无心屈指间,

回眸旧事愧书山。

岂甘梦蝶等闲度,

但把滥竽归笑谈。

注:① 胡君曾与我在县中共事,现任教于浙江大学。

述 怀
一九八四年八月

三月至县委办襄佐,八月又到县中主事,有感书此。

半载无心两境迁,
仓皇只恐愧前贤。
陋营①助力能成厦,
弱旅扬尘更策鞭。
从教首推研是本,
兴黉②最贵率为先。
微躯自此非归我,
尽瘁鞠躬休计年!

注:① 陋营:指当时的县中,因硬件设施比较差,故云。
② 黉:hóng,学校古称。

送谢先生南归故里
一九八五年五月

姑苏春色至,
绿雨浸新城。
屈指头飞雪,
明眸李蔽阴。
恩师归甚疾?

后学念何深!
放眼江淮秀,
北南皆是春。

寄窗弟

一九八六年元旦

举头南望正冬寒,
挥别故都方四年。
犹记雨红关虎踞,
但思生闹里龙盘。[①]
蜗居论辩思扬海,
鹰宇扶摇志薄天。
壮士由来多历难,
纵临坎坷亦巍然。

注：① 此联中的"关虎踞"、"里龙盘",系指南京师范学院附近的虎踞关、龙盘里,因从格律而倒装。

怀旧有书

一九八六年一月

扬子悠悠裂大荒,
石城每念意茫茫。
藻思驰纵争先后,

功过量评说短长。
波皱莫愁千叠玉,
径环采石百回肠。
层楼夜月堪归梦,
午雨无缘扑晓窗。

忆江南（四首）

一九八六年春

南师毕业,匆匆四载,当年趣事,不时萦怀。时值新春,聊赋小令,兼寄学友。

其一

春草嫩,
梅引出东城。
翠萼蒙茸诗渐涨,
繁英杂处爱频生。
何日再欣临?

其二

夏荷盛①,
溽暑似笼蒸。
赤膊且凭闲客笑,
蓝天时慕大鹏征。
挥汗涉书林。

其三

秋月朗,
斗室胜华堂。
相诘觅真难上下,
求知互辩论低昂②。
今夜独彷徨。

其四

冬梅迸,
布袄冷如冰。
踏雪西山时有伴,
酡颜东店偶无形。
敌那朔风鸣。

注:① 夏,仄声,当用平声,为四首形式之统一,故存之。
② 三、四句前四字为交错对。

东北纪行(八首)
一九八六年八月

作为省学校代表之一,我观摩了在鞍山举行的全国第三届中学生运动会,一览盛况,感触颇深。继在鞍山参观了一些中学,且游览了千山。后经大连乘船至烟台过青岛返校,风尘仆仆,来去匆匆,成诗数首,聊以为记。

中运会开幕

气势恢宏秋赛场,
人潮花海两汪洋。
江南塞北人儿健,
强体犹凭国运昌。

参观鞍钢

十里钢花不夜天,
万葩争及汝娇妍。
人生坎坷常如此,
不入熔炉不放鲜。

参观海城中学

路边松柏郁苍苍,
历震①经霜叶未黄。
料是将军②恩泽重,
校园四季着春装。

游千山

可是辽东第一山?
耸奇叠翠好雄观。
披襟喜上东来阁③,
扬发笑迎绿雨天。

谒无量观④有感

静观人世若盘棋，
道德文章究里知。
冷见红尘蝇逐血，
青牛独坐过关西。

由大连乘船夜航烟台

蓄志凌沧海，
乘风戴月来。
云流星隐曜，
潮起岸沉埋。
塔动因轮疾，
山低缘浪排。
扶栏霞晕里，
娓娓说烟台。

烟台牧云亭

牧云亭上望云飞，
可是仙姬戏翠微？
世有浊清皆入眼，
神飘八极放难回。

青岛吟

片片洋楼格不同，
当年列盗此称雄。

江山早已归新主,
更喜神州鼓巨风⑤。

注:① 震:指当年海城地震。 ② 将军:张学良将军,该校初建始赖将军鼎力相助。 ③ 东来阁:千山景点,门楣匾额有"紫气东来"题词。 ④ 无量观:建于清康熙六年,规模宏大,为千山道观之首。 ⑤ 巨风:指正浩荡于神州大地的改革春风。

赠八七届诸生
一九八七年五月

少年奋发贵乘时,
莫待萧萧两鬓丝。
华族当知腾翅晚,
雏鹰更觉振翎迟。
十年铁砚磨堪透,
七月锋芒试可知。
且待熏风传捷报,
吾偕诸子共盈卮。

校园杂咏(八首)
一九八八年秋

是年高考,本科上线率位列全市十三所重点中学第三,辛苦经年,似可以报。正逢建校三十周年,颇多感触,遂成绝句一组以志。

校门

卅载几经风雨磨,
旧颜斑驳说蹉跎。
纷纭学子求真至,
俊杰英才此出多。

路桐

无情岁月刻年轮,
翠盖浓阴又遇春。
铁干峥嵘师表秀,
婆娑碧叶似书生。

铁钟

一身黧色貌平平,
语不惊人死不宁。
立世须当斯物样,
心甘孺子发雷鸣。

南楼

天空地阔两悠悠,
焉用凭栏强①说愁?
寄语诸生常戒旦,
文章得失自谋求。

夜灯

夜暗灯明室室星，
三千学子正躬耕。
凭谁问取余心乐，
此刻无声胜有声。

窗口

窗口兼收四季风，
治黉②愈赖众心同。
喜迎俊杰纷纭至，
齐谱塑人不世功。

操场

东风一夜绿深深，
操场如酥起碧纹。
喜是众生身手健，
虎形龙影乱纷纷。

东池

芷岸堪为诵读坡，
锦鳞悠弋意如何？
若迷吾序③新风貌，
摇尾摆头绿水波。

注：① 强：此读 qiǎng，勉强意。 ②③ 黉、序：均为学校之古称。

从教感赋(十首)

一九八八年秋

其一

从教难能至爱心,
门生似子一般亲。
举头仰望冲天日,
普照何曾独自暾①?

其二

为师贵有一公心,
草露荷珠俱水凝。
十指本当存差异,
功夫在我去调停②。

其三

身正学高方是根,
文章满腹莫堪矜③。
删繁就简如秋树,
立异标新似笋萌。④

其四

夤夜笔耕又若何,

杏坛授业敢蹉跎？
如无腹内珠玑绣，
难得舌尖开丽荷！

其五

夕朝难忘剑横磨，
斩棘披荆曲路多。
从教亦如江海客，
坦途勇辟盼生歌。

其六

一川风雨一烟蓑，
一丈垂纶一篓箩。
余看课徒如钓客，
静心耐性细雕磨。

其七

天上碧桃沾露种，
世间紫李靠心栽。
料无顽石终难化，
和煦东风解冻开。

其八

培桃育李复年年，
不羡达官安羡仙？
耐得清贫今世好，

桑榆回首看霞天。

其九

世路难能无坎坷，
纵关逆顺自消磨。⑤
台前炯炯求知眼，
恰似殷殷待雨棵。

其十

休言愿景梦中花，
从业原当细咀华。
待看桃林春雨后，
芳菲满眼胜红霞。

注：① 暾 tūn：始出之阳。　② 调停：照料、安排。　③ 矜 jīn：自尊、自大、自夸。　④ 此联是说教书应深入浅出，删繁就简，把控纲要。还应不守窠臼，勇于探索，立异标新。　⑤ 意即不论是顺境逆境，都要适应环境，把持好自身。

长城颂
一九八九年四月

在北京参加教研会议，趁暇登上八达岭长城。登高眺远，大野苍茫，群山起伏。长城犹如巨龙蜿蜒跌宕，好不壮观。抚今追昔，多有感慨，遂成一律以颂。

万里西来一巨龙，

驱山逐水半凌空。
红烽白骨今何在？
叠嶂重关古样雄。
御敌从无丢胆识，
拥朋更胜抱春风。
中华岂缺多情种？
心上长城胜血红！

沁园春　校首届艺术节感赋
一九八九年冬

丝菊垂银，
梅瓣妆金，
觉似梦回。
恰高楼簇秀，
夜辉灯雨，
清溪舞练，
朝映霞堆。
名士挥毫，
师尊呈彩，
今昔红桃尽展菲。
乘佳节，
唤砚驰雄气，
笔撼惊雷。

骚情万斛盈怀,
更何用平生长恨哉!
慕止行无缺,
功沉浮草,
是非有论,
艺上高台。
理固精深,
道源凡俗,
巨擘原从稚子来。
襄君读,
看绽葩艺苑,
足可倾杯。

题友画作(四首)
一九九〇年夏—秋

石榴

新夏榴花红照眼,
时风澍雨润芳甘。
忘形难顾开怀笑,
告我秋光正可餐。

葡萄

蔓虬惬意舞神鞭,

串串龙珠别样鲜。
因得韶光和汗润,
初尝酸涩再尝甜。

池荷

休说一年春好处,
仰观荷叶碧遮天。
银珠粒粒凭风卷,
玉茎枝枝藉水妍。
且为香风摇晚照,
但于污淖弄清涟。
骚人早有爱莲说,
千载思来亦泫然。

篱菊

梦中几次到西湖,
去岁初游信不虚。
风月无边①传趣话,
寺钟有韵伴清竽。
色迷陶令②呈千彩,
香醉坡翁③放万株。
今得丹青篱菊照,
续貂未愧意难抒。

注:① 风月无边:西湖中有碑上镌"虫二",此系"风月无边"之谓。 ②③ 陶令:陶渊明,苏翁:苏东坡,都有爱菊、咏菊之故事。

毕业十年首聚有感
一九九一年十二月

十年风雨不寻常，
酣梦多曾忆桂黄。
灵鹊栖思高木茂，
苍鹰翔恋碧天长。
抚今互庆朋皆健，
追昔促谈夜未央。
相别悠悠匆一聚，
奈何挥手又扬航。

南行记（六首）
一九九二年冬

市教育局组队考察，自宁经穗赴深返沪，历时十余日，成诗一组，以为纪行。

南飞

银燕高翔下粤南，
浩茫千里饮杯间。
长河似带车如蚁，
身在碧天心地宽。

谒中山纪念堂

功高可比几奇人？
劳顿毕生图换坤。
堂下我来深拜谒，
欲成宏业更飞腾。

深圳吟

孰料寻常几小村，
霎时雄起一新城。
耳闻鼓点如蹄疾，
催我神州万里征。

沙头角凝望

百年万里一瓯残，
四海同瞻白玉盘。
今喜沙头角①上望，
豁眸弯指待珠还。

乘艇环望澳门

艇如疾箭浪如奔，
几点弹丸波上城。
今日一环开眼看，
何时游子尽拥亲？

参观中共一大会址

华夏古来多丈夫，
拯民未敢惜头颅。
而今赤县春如海，
源起东风第一庐。

注：① 角:jiǎo,仄声应用平声,沙头角无法改,存之。

沁园春
一九九四年十月十三日

二十五省(市、区)四十二位园丁聚于华东师大国家教委校长培训中心研讨办学大计，又得深造良机，是为幸事。今值重阳佳节，相邀喜览沪上胜景，晚归未寐，遂有此篇。

碧桂飘香，
绿菊流银，
逸兴骋怀。
看高环①新架，
夜驱星雨，
明珠②危挂，
晨夺朝晖。
塞外罡风，
关中春露，
江左狂潮岭右雷。
俱③来矣，

伴园丁共语,
笑谱芳菲。

诗潮千丈难排,
问十载④辛劳安在哉?
喜碌身无羁,
心平静水,
灼知堪探,
思荡高台。
追理寻源,
索真觅秘,
经典当从实践来。
乘⑤斯日,
快书山拾级,
学海支桅。

注:① 高环:指上海内环高架,即将竣工。 ② 明珠:指上海地标式建筑东方明珠。 ③ 俱:此读 jū。 ④ 十载:我于八四年主事县中,已逾十载。 ⑤ 乘:此读 chéng。

巴蜀行(十三首)
一九九四年初冬

国家教委中学校长培训中心八期研修班学员飞赴四川考察,历时十余日。先后考察了成都、乐山、重庆三市的十三所中学,获益良多。并趁暇游杜甫草堂,谒武侯祠,览都江堰,瞻乐山大佛,登峨嵋金顶,祭歌乐山烈士陵园。后乘轮东下,领略三峡风光,礼赞葛洲大坝。斯夜,余扶栏临风,江涛盈怀,此前所历,如在目前,遂成杂诗一组以记。是为序。

赴川

古云去蜀若登天,
绝壁峥岩不可攀。
时世而今非昔比,
巨鹏一翅到西川。

观盐道街中学学生书展

自古英才出少年,
名师引领更钻研。
吾观竖捺点横意,
似得欧风柳骨①传。

访杜甫草堂

少年读杜慕蓉城,
今抱虔衷②缓扣门。
老柏苍雄多硬语,
嫩篁沉郁几愁吟。
百花溪③浸三春意,
一羽霄飘万世情。④
地僻依然游客健,
讵知谁懂破茅心⑤?

读石室中学校志

文翁⑥功盖两千年,
兴教开庠竞领先。
天府古来多俊杰,
庇恩千代泽群贤。

谒武侯祠

当年煮酒论英雄,
只诩曹刘⑦未数公。
顾舍酬筹三鼎策,⑧
渡泸机运七擒功。⑨
名成安藉八图阵,⑩
虏破还须一夜风。
犹有两表⑪彪后世,
叹何成败转头空?⑫

欣听诸校学生演奏

几曲琵琶几曲筝,
数声管号数声琴。
雪山春晓马蹄疾,⑬
得意弹吹属后生。

访成都二十中

育李培桃岂等闲?
起楼圹洼亦何艰!

十年竟现"三级跳",
双脚能征万仞山。

考察诸校有感(古体)

大千呈万象,
办学有异同。
有校皆新貌,
无处不春风。
园园有奇葩,
异彩各缤纷。
或擅鼎新事,
革故意正浓。
或因名师众,
比比茁新松。
或连三环扣,
教化独见功。
或张穿云目,
超前育稚童。
或驰大赛场,
频奏凯歌宏。
或得昔真传,
允能亦允公。
奇花各具态,
杏坛展千红。
群马走平川,
其势壮且雄。

放眼巴蜀地，
山原多葱茏。
但祝十三校，
挥旗唱大风。

游都江堰

梦中数次越关河，
今得都江堰上过。
铁索长拴蛟搅雾，⑭
碧堆中劈燕刉波。⑮
二王⑯前后恢宏业，
六诀深低⑰作史歌。
岂止丰饶三蜀地，
民生藉此利收多。

瞻仰乐山大佛

果是人间一壮观，
此山为佛佛为山。
仁僧舍目成高义，⑱
赤子偷暇拜善颜。
石刻原非通理性，
人心须记结良缘。
且观足下青衣⑲水，
不尽滔滔说悒欢。

雨中上峨嵋金顶

若纱若雾若云烟，

遮树遮山遮碧天。
徐上缆车三万尺,
不知身在峨嵋巅[20]。

祭歌乐山烈士陵

卅五年前迸血华[21],
鬼雄宁死不还家。
陵前我至惟低首,
且代浓醇祭赤沙。

过三峡

一轮过峡劈波来,
绝壁峥嵘隔岸开。
礁石虎蹲迎浪涌,
竹松戟列戏云霾。
兼天水汽淹星月,
席地风涛洗镜台。
神女初妆当愕眙[22],
放歌江上是吾侪。

注: ① 欧风柳骨:指唐书法家欧阳询,柳公权之笔法风骨。 ② 虔衷:虔诚的内心。 ③ 百花溪:距杜甫草堂不远之溪。 ④ 杜甫《咏怀古迹五首》之五中有"万古云霄一羽毛"句,盛赞诸葛亮犹如鸾凤高翔,独步万古云霄之上。余用其意,以表万世景仰之情。 ⑤ 破茅心:指杜甫写《茅屋为秋风所破歌》的创作意图。⑥ 文翁:川地历史上最早兴教办学的先贤。 ⑦ 曹刘:曹操刘备。 ⑧ 指刘备三顾茅庐,而

得诸葛亮三分天下之策。 ⑨指诸葛亮渡泸水七擒七纵孟获而终服其心之故事。 ⑩八图阵：即指八阵图，因从格律而调。杜甫《八阵图》诗有"功盖三分国，名成八阵图"句，今反其意而用之。 ⑪两表：指前后《出师表》。 ⑫《三国演义》中有"临江仙"词。中有"是非成败转头空"句，今反其意而用之。 ⑬演奏中有"雪山春晓""赛马"等曲。 ⑭铁索桥下，水雾蒸腾，犹如蛟搅波致。 ⑮碧堆：指离堆，离堆分水，犹如燕尾剪波。刓wán，削意。 ⑯二王：指领导修都江堰的李冰及二郎父子。 ⑰六诀深低：李冰在修都江堰时曾有"深淘滩低作堰"六字真诀。 ⑱传云，为建乐山大佛的高僧舍目取义而建佛不止。 ⑲青衣：大佛足下即青衣江。 ⑳峨嵋巅："峨嵋巅"犯"三平"，但无词可代，故存之。 ㉑卅(xì)五年前：四十五年前。此指一九四九年十一月底，敌残酷屠杀白公馆及渣滓洞英烈事。 ㉒眙，此读chì，直视意。

上海内环高架全线通车巡礼

一九九四年十二月八日

　　昨晚六时，上海大内环高架全线通车，今乘车上高架，经杨浦大桥，参观东方明珠，又经南浦大桥返华东师大。深感沪上近年变化之大，于车上口占一绝。

　　　　疑是西天落彩虹，
　　　　又如东海走蛟龙。
　　　　今朝更有英雄出，
　　　　托起明珠上碧空。

书赠日本关西日中朋友会会长原田亲义(古体)

一九九五年四月

关西遥望水迢迢,
千里一帆未辞劳。
春风海上催舟至,
且伴化雨绿春苗。

浙江纪行(七首)

一九九六年初夏

拜岳王坟

忠奸自古如冰炭,
何故莸薰①聚一山?
虽是冤家常碰首,
贬褒跪卧不同观。

灵隐寺随喜②

灵刹果然名不虚,
香烟缭绕上浮图③。
余非信佛来随喜,
禅意民心道未殊。

诸暨吟

锦山秀水一佳城,
道是西施此地生。
弱女原非皆弱质,
红颜羞做国亡人!

游兰亭

同是惠风和畅天,
流觞曲水也依然。④
奈何兰帖随人去,⑤
尚有墨池思旧年。

访鲁迅故居

年少犹钟鲁迅书,
抄诗诵句未踌躇。
今来不禁心生慨:
三味窗斜几网蛛。

参观镇海中学

碧池漾漾泣忠贤,⑥
古炮鏊鏊怒指天。
前事不忘应进取,
弱肌强食痛当年。

游普陀山

菩萨缘何属此山？
引来信众涉狂澜。
潮音洞⑦里余初悟，
慈佛原留方寸⑧间。

注：① 莸：一种有臭味的草，薰：一种香草。 ② 随喜：此指参观寺院。 ③ 浮图(屠)：此指佛塔。 ④ "惠风和畅""流觞曲水"均为《兰亭集序》中句。 ⑤ 传王羲之手书《兰亭集序》真迹已为唐太宗昭陵的殉葬品了。 ⑥ 据云此校前泮(pàn)池，曾有抗击外敌入侵的忠勇清臣，败而不降，投池自尽。 ⑦ 潮音洞：此佛山之景点。 ⑧ 方寸：心。

胡兄六十华诞志庆

一九九八年十月

春光不似胜春光，
东圃劲枝争吐黄。
若润繁英三月雨，
犹沾碧叶九秋霜。
长依古月吹铜笛，
时倚小楼画夕阳。
花甲虽逾公永健，
细评琼液菊生香。

四十校庆有题（古体）
一九九八年十二月二十六日

回眸时览四十秋，
不尽桃李显风流。
欣得故园一聚首，
天涯海内再飞舟。

感事杂咏（十三首）
一九九八年秋至一九九九年冬

其一

几处高楼几处春，
万千桃李已成阴。
崇山莫惧高抬眼，
且看苍鹰正搏云。

其二

述而不作非吾愿，
持铗冯驩岂乱弹？
碧血盈腔挥洒去，
锦雯桃李可同观。

其三

园田碌碌正耕忙,
竭虑殚精怕遇荒。
孰料忽来霜袭面,
而今犹记李桃香。

其四

一去云山数十层,
解环脱羁雁身轻。
胸中久孕育雏志,
割易舍难几缕情。

其五

十八春秋一望中,
蓝图细检已飞虹。
人生冷暖寻常见,
忽忆先贤鸡对虫。

其六

平生磊落是谁人?
顺逆荣枯相倚分。
五世泽恩当少见,
何须膝屈不腰伸?

其七

孰知职场几淹浮,
今古从来此不虚。
当信政声人去后,
无须对月发长吁。

其八

并非性僻入尘难,
落落无机有暗关。
粉墨登台真热闹,
喜今率性得身闲。

其九

得意难能辨伪真,
鱼龙初杂一般同。
此朝霜刃删刜去,
叶落枝横看裸容。

其十

因何得志便踌躇,
使气指颐唯一呼?
江海逆行观过客,
冰融待笑影形孤。

十一

莸薰异器味难投,
莫若归来且省修。
浩浩风波英气在,
茫茫雪海节旄留。
蝇营蜗角岂堪效,
佛口蛇心焉不羞?
硬骨几根如往昔,
追真抱璞所当求。

十二

帷幄当年苦运筹,
秋播夏获未曾休。
新楼栉比耸滩上,
学子鱼游畅涌流。
世事长经心若水,
人生久阅意如秋。
名缰打破催奔马,
风起云行肯羁留?

十三

一别金陵十八秋,
慈衰子幼望排忧。
涂肝愿沃梓桑地,
沥胆安图稻菽谋?

谁料莐茪随势长，
当歌菡萏带珠流。
云山此去几多路，
异客何时梦故游？

五 辑
(2000—2012)

采桑子
二〇〇一年七月

当奥委会主席萨翁宣布第二十九届奥运会主办城市"北京"时,我等不禁高声欢呼:好啊!

神州今遇无眠夜,
鼓乐喧空。
喜泪蒙眬,
快意呼朋换大盅。

中华半世乾坤转,
又驭东风。
跃马扬鬃,
踏遍环球看我雄。

满江红　赠友
二〇〇二年四月十日

滚滚红尘,
见几许,
凤毛麟角。
回首处,
荣华若梦,
利名如月。

有志尽拍长海浪，
无缘久揽低丘雪。
未惧它，
前路几关河，
当飞越。

智者慧，
哲人学，
仁者义，
贤人烨。
羡领衔数载，
竟成宏业。
当信政声人去定，
敢疑民意天来抉。
堪笑慰，
斯世一豪情，
坚如铁。

返里所见（八首）

二〇〇二年暑假

其一

梦里几回还旧园，
而今故里焕新颜。

小楼栉比迎娇客,
友拨手机忙订餐。

其二

远山近水柳西斜,
瓦舍桐环是媪家。
槭下闲翁三五个,
慢敲棋子细评茶。

其三

故人仍是旧眉庞,
面刻沧桑艺未荒。
谈及吾乡兴旺事,
笑声依旧震房梁。

其四

铭心幼学路泥泞,
化冻双鞋重似轮。
今喜村村皆坦道,
顽儿娇女燕飞腾。

其五

言是农忙不算忙,
收拉脱运有机帮。
强儿健媳打工去,
老汉犹称少壮狂。

其六

少儿趣事未能忘,
携手来回一学堂。
今日相扶含喜泪,
眉开却笑两头霜。

其七

酷暑炎炎热未央,
几人不去觅风凉?
"惟思过客都呼我",
人力车夫只盼忙。

其八

革故鼎新二十年[①],
故乡难觅旧容颜。
只余堆下东流水,
不绝滔滔照控弦。

注: ① 此句犯孤平,革故鼎新无法改,为达意,存之。

感 兴(六首)
二〇〇三年初夏

旧友来访,海侃终日,聊及诸事,多有感慨也。

其一

梦回旧景觉常新,
尘世凭何好谄音?
惟有高天真月色,
不关阴雨不关晴。

其二

人生难得几相知,
附势趋炎不足奇。
心有浩然刚气在,
奈何身近却神离。

其三

难能恣意任书空,
半是从容半怔忪①。
皎月斯时偏照尔,
纵横点捺尽由衷。

其四

彼秋每忆意凋凋,
河鲫追潮势甚嚣。
腹孕孤芳星点气,
雪狂当看立清标。

其五

秋水粼粼一脉流,
远山如黛墨轻勾。
人间未少佳风景,
休向瑶池亮眼球。

其六

心高涉险不踌躇,
送爽清凉景丽殊,
该是令人忧忘地,
碧潭幽洞近吾庐。

注:① 怔忪 zhèng zhōng:心神不定貌。

给八三届学子
二〇〇三年十一月

当年豪气荡乡关,
振翮翔空志不凡。
惟愿荒滩排广厦,
敢将弱旅著先鞭。
东风阵送催花发,
春雨时飘润物鲜。
廿载杏坛今放眼,
桃林似炬照山川。

依韵题友画作《云龙图》
二〇〇四年春

蛰久望飞腾,
长怀戏日心。
爪鳞藏欲露,
云瀚隐还深。
挟电挝①天鼓,
喷珠浥世尘。
今番穿纸去,
直上九千寻。

注:① 挝:此读 zhuā,敲打意。

八四届学子毕业二十周年聚会有感
二〇〇四年五月

青年敢步云,
学海漾晴雯。
首序争高下,
才思任竞奔。
东风催柳绿,
细雨润桃芬。
岁月轻弹指,

如今又遇春。

咏昙花(五首)
二〇〇四年六月二十四日

夜八时许,家养一盆昙花,竟同时绽放四朵,近零时已开到极致。其势挺拔如号,其姿飘逸似仙,其色高洁像玉,其香淡雅若无。清晨醒来,却见其风华不再。感而有此组诗。

其一

风姿绰约果如仙,
薄暮娉婷亮眼前。
此卉应傍瑶境种,
人间得有几回观?

其二

翠叶展披无异奇,
新葩突绽竟仙姿。
世间多少平常物,
读罢尤能惹妙思。

其三

开天造物岂无私?
阅世纷纭太陆离。
可惜仙葩真上品,

盛时无奈近衰时。

其四

古来人羡神龟寿，
却把昙花作笑资。
我看天边星弋过，
光辉转瞬赞弥时。

其五

此花原自属豪门，
颠沛流离几苦辛。
自打抛开浮幻梦，
天然袒露现真身。

九寨黄龙行(四首)
二〇〇四年七月

其一

绿水青山见几何？
黄龙九寨实堪歌。
无峰不雪翔光影，
有海皆蓝荡彩波。
吐秽吞甘清脏腑，
澄思净虑抱关河。

今番领略神仙境,
吾与仙人谁乐多?

其二

不见纤尘不见沙,
池池碧透焕明霞。
世间难脱利名锁,
何及斯山一饮茶?

其三

仙人未罢霓裳舞,
滩上晶莹乱跳珠。
收取玲珑三万斛,
点装山水好宏图。

其四

金寺前镶五彩池,
天成绝色实堪奇。
浮光亮影雯游底,
颤树移峰璧戏堤。
丽日煌煌增暖趣,
清风渐渐自寒肌。
世人常说蓬莱好,
我到黄龙恨太迟。

清平乐　为八五届同学毕业二十年聚会作
二〇〇五年十月

春来寒退，
此际风云会。
喜见杏坛秋实美，
满目珠玑欲醉。

昨宵伏案灯残，
今朝鸿雁翔天。
相聚耻言功利，
壮怀万里河山。

游梅花山（五首）
二〇〇六年春

其一

夜来一梦实稀奇：
八月梅花放满枝，
伏草曲肱人睡去，
落红如锦乱沾衣。

其二

十里梅山香雪海，
游人蚁聚赏春来。
便将千杆生花笔，
怎写其间亿朵开？

其三

朱唇绿萼粉盈腮，
恰似仙姬入世来。
此处如无佳丽景，
难能宇寂空[①]瑶台。

其四

梅花朵朵笑春风，
萼裂唇开胜杜蘅[②]。
得意林间余小憩，
逍遥一梦暗香中。

其五

飞红满眼乱纷纷，
无着心思若转蓬。
去岁登山人可在？
而今香溢满黄昏。

注：① 空：此读 kòng。　② 杜蘅：一种香草。

梦西安·给友人
二〇〇七年八月

翘首望西京，
彩云初卷腾。
三秦王者气，
百代俊豪风。
紫塞堪明目，
黄河益壮襟。
梦中余碌碌，
只憾未成行。

沁园春　为八七届文科班学子毕业二十年师生欢聚会作
二〇〇七年十月

碧桂流银，
翠柏镶金，
丽日久悬。
忆新楼如簇，
窗灯耿耿①，
绿坪若砥，
虎影②团团。

江畔英才,
海西豪士,
塞外天骄岭右贤。
同伴我,
谑当年野趣,
今日华巅③。

心潮百尺难拴,
问廿载何曾得空闲?
喜碌身羁解,④
心平止水,
好书可读,
思逸崇山。
检点诗文,
揣摹碑画,
偶有余暇逛杏坛。
骄诸子,
奔阳关大路,
共奏凯旋。

注:① 耿耿:光明貌。　② 虎影:指青年学子,生龙活虎。　③ 华巅:白发盈头之谓。　④ 指即届退休。

六十书怀（四首）

二〇〇七年十二月

其一

减绿添黄六十春，
悠悠往事了于心。
穷家子弟磨犹奋，
盛世征途扩益伸。
心育李桃呈硕果，
志追鸿鹄阅晴雯。
而今回望来时路，
当舞当歌当鼓琴。

其二

回首征途气尚平，
门生偶至道殷勤。
人须向善持身本，
业赖求精①立世根。
悖见多因观②异致，
虚怀少有矫情③侵。
三杯饮罢镜中看，
两颊酡颜独任矜。

其三

祖居杨岸绿烟村,
茅屋数椽长置身。
几代稼渔奔野壑,
一枝毫墨洒农门。
历霜松竹添寒翠,
沐露芝兰润泽芬。
喜看子孙娱雅筑,
齐和万象唱春暾④。

其四

鹤发童颜敢自矜?
却将夕照细玩吟。
解环枥马心驰野,
脱扣笼鹞意入林。⑤
山水无偏奔目至,
诗书有兴助杯斟。
余生再展新天地,
如火秋霞灼眼明。

注:①求精:意即奋发进取,精益求精的精神。 ②观:观点,看法。 ③矫情:强词夺理,无理取闹。 ④春暾 tūn:春天初出之阳。 ⑤此联意指即届退休,从而获得相对自由之身心。

游寺述感
二〇〇八年一月

匆匆岁月赛星驰,
往事支离去路歧。
东院心羁人尚健,
西都梦逐景依稀。
有缘古寺观僧画,
无寐寒窗酌律诗。
今世难偕佳志趣,
惟余慢把菊花沏。

红宝石婚庆
二〇〇八年农历正月初六

风雨同舟四十秋,
镜中燕侣雪飞头。
苦心耿耿操持计,
孤诣孜孜相教谋。
欣见子侪松竹茂,
乐观孙辈雁鹰遒。
绵绵世泽江流远,
夕照桑榆荡彩绸。

六州歌头　岁末抒怀

二〇〇八年十二月

登临纵目，
思绪又回萦。
悲喜泪，
时相迸，
竞高声。
仍惊心：
雪洒西南地，
漫天舞，
连夜并，
牲缺草，
民遭困，
隔归程。①
佛愕噪音，
圣地凶徒乱，
荡起妖氛。②
更汶川震动，
霹雳鬼神惊。
哀痛填膺，
哭生灵。③

奋腰间剑，

手中铲,
倾国力,
救危情。
黄龙种,
齐抗难④,
舞长缨。
世皆钦。
华夏舒怀抱,
"鸟巢"⑤美,
待群鹰。
天地闹,
睹娇客⑥,
太空行。
海峡风涛渐静,
"三通"罢,
犹盼瓯盈⑦。
赞神州上下,
壮志正凌云,
鼓奏重兴!

注：① 年初南方与西部遇大雪灾。 ② 三月份拉萨少数分裂分子动乱。 ③ 5·12汶川大地震,数万生灵遇难,举世皆惊。 ④ 难:此读 nàn。 ⑤ 鸟巢:北京奥运会主体育场馆名。 ⑥ 娇客:翟志刚为我中华太空行走第一人,当是太空娇客。 ⑦ 三通:十二月份,大陆与台实现了期盼已久的直接"三通"。瓯盈:指江山一统。

题百鸡图（古体）
二〇〇九年三月

徐兄绘百鸡佳制，嘱余题句，不揣冒昧，惴惴试笔，愿乞方家一笑耳。

佳作称巨制，
卅尺百鸡图。
单管初挥就，
满纸即生如。
绒绒暖场圃，
唧唧闹桑墟。
翅下憨且伶，
爪边怯亦舒。
偶一改温存，
惟为护幼雏。
峨冠点丹璧，
利距探玉除。
守信催日起，
报晓唤物苏。
长翅惊风跃，
劲翻掠地舞。
伟哉五德者，
俨然一丈夫。
爱弥众生界，

情漫大江湖。
今作续貂语,
试共鼓与呼!

游历组诗(五十六首)
二〇一〇年暑假—寒假

多年以来,偶乘假期,游历一些名胜。当时匆匆,未及纪游,今日思来,觉有所欠。遂用假日闲暇,搜索记忆,成此组诗,以不辜负自然造化,人工胜迹也。是为序。

泰山行(八首)

岱庙

泰庙庄严若禁宫,
回銮启跸画图宏。①
碑书例俱风神异,②
汉柏肤剥翠叶葱。③
东御迎宾三宝秀,④
西秦遗石一斯功。⑤
置身池⑥畔仍回望,
片片辉煌夕照中。

飞虬岭

一虬顶礼拜诗碑,
惹得仙人妙笔挥。⑦
从此化龙冲日去,
何曾回洞⑧伴摘薇?

经石峪

镌字金刚满石梁,⑨
千年剥蚀尚能详。
高山流水亭犹在,⑩
谁共临流细酹觞?

五大夫松

秦皇避雨即开封,⑪
何故焚书又灭生?
人命未如松命好,
会当化作野青藤!

对松山

双峰对峙顶生松,
白絮缠绵戏半空。
忽有山岚吹浪至,
鸣涛满耳绿盈胸。

十八盘

踏盘仰首望天门,
一挂云梯磴叠成。
步步皆朝皇顶⑫去,
登峰恰似度人生!

玉皇顶鸟瞰

鲁齐青未了,
绝顶亮双眸。
窈窕黄河淡,
逶迤碧岭幽。
栉鳞排万户,
经纬织千流。
磅礴云天外,
惟尊五岳头。

拱北石上观日出

探海悬空一石奇,
惊心伫石望云霓。
忽来寒气吹晨雾,
欢喜红珠跃碧璃。

注：① 岱庙天贶(kuàng)殿内有东岳大帝《启跸回銮图》巨画,长62米,高3.3米,传为宋代作品。　② 庙内碑刻甚多,书法体例俱全,而风格各异。　③ 剥：此读bāo,庙侧有汉武帝登山时所植古柏五棵,心枯肤剥,但今仍有葱郁新枝。

④ 昔东御座今迎宾馆内陈列众多文物,内有沿香狮子、温琼玉和黄蓝釉瓷葫芦(泰山三宝)等。 ⑤ 碑刻中有李斯篆书秦二世诏书残片,甚为珍贵。 ⑥ 池:出岱宗坊,路东有王母池,唐代称瑶池。 ⑦ 传吕洞宾题诗于壁,一虬常来对诗顶礼,感其诚,吕仙遂挥笔点其额,虬即化龙飞去。 ⑧ 洞:飞虬岭下有吕祖洞,传为吕仙炼丹处。 ⑨ 北齐时书家于方亩大的石坪上书刻《金刚经》,此山峪便称经石峪。 ⑩ 经石峪南侧有"高山流水亭",当本子期伯牙事。 ⑪《史记》载,秦始皇登泰山,到此遇雨,避于五棵松下,便封其为"五大夫"。 ⑫ 指泰山顶峰玉皇顶。

庐山行(八首)

牯岭眺望

一山突兀蠡江边,
万顷鄱阳天堺①连。
面对无穷雄秀景,
何人敢笑眼贪馋?

仙人洞

绝壁天生一洞开,
立松石缝戏云霾。②
自从选作修仙处,③
多少名人接踵来!

五老峰

海会寺前观五峰,
谪仙妙比似芙蓉。④
步移景换须多看,
像侠如僧若钓翁。

龙首崖

一石悬崖耸涧中,
上横一石似蛟龙。
首昂何久未飞去?
不舍匡庐云瀑松!

云海

庐山奇绝莫如云,
涌动涛飞浪卷空。
银野雪原凭日照,
紫湖碧海看浮峰。⑤

三叠泉

百丈绡帘抖落开,
明珠万斛下崖来。
一泉三叠依山势,
跌宕心胸壮我怀。

庐山会议遗址

犹闻堂内风雷吼,
请命争知失自由。
独立阶前开眼望,
碧天何觅一鹏游?

佛教丛林⑥

惊闻寺庙若丛林,
几占奇松怪石垠。
钟鼓泉鸣从不断,
问谁为众道殷勤?

注:① 畀:bì,赐与。 ② 仙人洞前有石名蟾蜍,石有裂缝,中生古松一株。 ③ 传洞为吕洞宾修仙处。 ④ 李白有"庐山东南五老峰,青天削出金芙蓉"名句。 ⑤ 涌动、涛飞、浪卷、银野、雪原、紫湖、碧海均为云海之形色写状,而云海之上诸峰若浮如仙境也。 ⑥ 据闻庐山寺庙众多,竟达几十处,中有五大丛林为最。其中东林寺即为净土宗发源地。

黄山行(六首)

奇名

黄岳美名今古传,
风光盈目尽天然。
墨挥彩洒书雄卷,

翠琢琼雕谱壮篇。
松石云泉称四绝,
华衡泰岳脱三冠。①
奇峰七二览常漏,
何若筑庐北海巅!

奇石

是石皆奇果不虚,
巧灵异怪拙难图。
似驱狮象同迎客,②
又约僧猴共望湖。③
梦笔生花描菡放,④
疑鳌下蛋待鹅孵。⑤
最难壑底笋如阵,
罗汉排罡拜海隅。⑥

奇峰

欲写诸峰怯未言,
久留黄岳尚难全。
云梯百步上攀茎,⑦
鱼背七寻旁接渊。⑧
人到清凉⑨无俗虑,
我来始信⑩赖心传。
搜肠刮肚少词汇,
何况豹前惟窥斑!

奇松

危崖悬结几山松,
俯仰弯盘态不同。
沐雪经霜枝愈翠,
囚岩钻缝顶微隆。⑪
送宾迎客远传誉,⑫
飞凤驰麟伴拢龙。⑬
何故清凉人久恋,⑭
时张翠扇⑮送秋风。

奇云

黄山自古云成海,
雄丽壮观姿万千。
慢展轻飘如荡帛,
疾腾狂涌似惊澜。
峰峰浮浪蓬莱境,
树树缠纱紫竹⑯烟。
我亦神追江海客,
驾舟且到白云边。

奇水

山借仙名水借龙,⑰
黄山何止藉云松?
潭深溪卧添清兴,
湖阔瀑悬益壮衷。⑱
泉泻朱砂莹赤底,⑲

涧喧碧峪漾蓝空。⑳
诗吟到此龙蛇舞，
耳畔仍回琴啸桐。

注：① 古有"黄山归来不看岳"之说，华、衡、泰山当然为之脱冠顶礼了。　② 迎客松附近有狮石象石。　③ 有"僧坐石""猴子观海"景。　④ 笔峰山有"梦笔生花"景，犹在描荷盛开。　⑤ 有"老鳌下蛋""天鹅孵蛋"等景。　⑥ 石笋缸石笋参差林立，构成了"五百罗汉朝南海"场景。　⑦ 黄山最高峰为莲花峰，下是垂直陡峭的百步云梯，犹如莲梗茎。　⑧ 去天都峰必经的鲫鱼背长十数米，宽不盈米，两边即万丈深渊，甚险。　⑨ 清凉：指狮子峰右的清凉台，是观"云海日出"之最佳处。　⑩ 始信：指始信峰，名由到此峰方信黄山景色奇绝而来。　⑪ 黄山松根多扎石隙或绕石盘曲，而树冠多短平微隆。　⑫ 指黄山的迎客、送客松。　⑬ 黄山有松名"麒麟"、"拢龙"，有柏名"凤凰"等。　⑭ 清凉台上是观景佳处，其上游人甚多。　⑮ 翠扇：清凉台侧有名唤"扇子"的古松。　⑯ 紫竹：传观音菩萨住普陀山紫竹林。　⑰ 刘禹锡《陋室铭》中有"山不在高，有仙则名，水不在深，有龙则灵"句。　⑱ 黄山著名水景有三湖、三瀑、二十四溪、二十潭等。　⑲ 紫云峰下有朱砂泉，传每隔数年流涌一次朱砂，泉水尽赤而莹澈。　⑳ 蓝天荡漾于碧峪间的山涧中。

豫地行(八首)

嵩山启母石①

治水劈山曾化熊，
受惊人变孕儿峰。

世间无匹唯慈爱,
裂体开宫诞一龙。

嵩阳书院汉柏

嵩阳书院"二将军"②,
九丈身躯仍搏云。
当念茂陵人远逝,
依然抖臂散清芬。

达摩面壁洞③

为弘教义历千辛,
惟赖一芦踏浪平。
面壁何曾穿壁去?
原来悟佛在人心。

千佛殿内所见

脚坑④虽糙实家珍,
千斗汗珠难灌平。
功出少林天下晓,
几人耐得此艰辛?

云台山

此台非是我云台,⑤
光绚瀑飞别具裁。
华夏太多佳景致,
恨无千目览将来。

观安阳甲骨坑有感

甲铭篆隶楷行章,
更有龙飞逸草狂。⑥
烟海浩茫书法事,
千年国粹正扬芳!

龙门石窟

临水沿山石窟排,
千尊石璞细雕裁。
自从幻出慈悲像,
引得众生瞻仰来。

红旗渠

数十年前屏上见,⑦
而今亲睹更惊心。
碧波若带将山绕,
竟杂前人血汗奔。

注: ① 嵩山南麓万岁峰下有启母阙,乃为启母石所建。传禹妻涂山氏怀孕后,因见禹为开山而所变之熊,羞而化石,禹见急呼"速还吾子",此石则裂而生启。 ② 二将军:书院内有汉柏两株,汉武帝封其为"大将军""二将军",其中"二将军"高逾30米,树龄距今已2 000余年。 ③ 五乳峰下有此洞。传禅宗初祖达摩,当年为传教,曾一苇渡江,后于此洞面壁九年参禅。 ④ 脚坑:少林寺千佛殿内,砖砌地面上有48个深约七寸的凹坑,传为少林弟子练站桩时留下的脚窝痕迹。 ⑤ 河南省有云台山,吾乡亦有云台山,二山各有千秋。 ⑥ 指

书法中的甲骨、铭、篆、隶、楷、行、章、狂草各书体。　⑦数十年前曾在银屏上看过影片《红旗渠》,斯时曾有词作记之。

滇地行(五首)

石林

我见石林尤信真,
莽岩交错聚还分。
但怜池畔阿诗玛,
凝目盼哥立到今。

滇池

登临览胜望滇池,
往事悠悠过眼稀。
囊筏楼船①归暮雨,
一联无古至今奇。②

蝴蝶泉

蝴蝶泉边事可夸,③
如春大理燕常斜。
游人却趁东风兴,
笑脸飞霞醉百花。

轮游洱海

洱海乘轮驭浪奔,

群鸥与我似相亲。
翻飞上下终跟去,
不恋苍山独恋人。

丽江一瞥

弯弯流水似姑苏,
户户垂杨好画图。
串串红灯当牖挂,
盈盈过客聚街庐。

注:① 囊筏楼船:《元史·宪宗本纪》载:"忽必烈征大理过大渡河,至金沙江,乘革囊及筏以渡。"《史记·平准书》载:"(汉)武帝大修昆明池,治楼船。"此皆大理昆明之故事也。 ② 指清孙髯翁所作昆明西郊大观楼之长联。上联写滇池风物,下联写云南历史。气魄雄伟,慷慨悲壮,前无古人,堪称绝唱。 ③ 指电影《五朵金花》中发生在蝴蝶泉边的爱情故事。

浙地行(四首)

莫干怀古

莫干①冶剑历三秋,
铸就青锋恨未休②。
难忘倚炉挥利刃,
英豪侠气贯神州③。

莫干竹海

漫山竹海漾新凉,
烟雨忽来雾渺茫。
恰似大千挥斗笔,
倾池泼翠洒修篁。

瑶琳探幽

瑶琳④幻境尽难搜,
笋柱悬凌众笋抽。
余叹神工能妙化,
顽孙却顾探奇幽。

富春江游

一江夹映几青山?
始信黄公⑤状写难。
莫笑诗人⑥归隐意,
船夫爱说子陵⑦滩。

注:①②③ 莫干:指干将莫邪夫妻。春秋时吴国人。善铸剑,遵王令历数年锻剑成功,传即被杀。子欲报仇无门,得豪侠助,甘愿献首。侠持其首及剑以奉。王令煮之于汤镬,侠请观之,遂刃王首,侠也自刎,三首于镬相噬,终难分矣,后皆以王礼葬之。莫干山名,当由此而来。 ④ 瑶琳:指浙江桐庐境内的"瑶琳仙境",乃喀斯特地貌的大溶洞景观。 ⑤ 黄公:指黄公望,有《富春山水图》名画传世。 ⑥ 诗人:指柳亚子,曾有"分湖便是子陵滩"的诗句。 ⑦ 子陵:东汉时严光,他坚辞汉光武之邀,而归隐于此。江边有严子陵钓台景点。

武夷行(二首)

天游峰

瑶琳溶洞世称奇,
欲论丹霞①看武夷。
一石成山红欲醉,
天游自有接云梯。

九曲溪

九曲流溪驾筏行,
青峰牵手竞相迎。
凭何写就溪山貌?
却苦诗人搔首吟。

注:① 丹霞:武夷山之天游峰似有丹霞地貌之特征。

异域行(十五首)

两度出国旅游,匆匆来去,走马观花,管中窥豹,只见数斑尔。

莫斯科鸟瞰

名唤绿都诚可夸,
森林漾碧库翔槎。①

古今文脉交相映,
最喜西山浴落霞。②

红场述怀

红场原由血石成,
扬名二战阅雄兵。③
义无反顾奔驰去,
待灭希魔④举世钦。

拜列宁墓

黑红石砌列宁坟,
游客纷来拜巨人。
覆地翻天青史创,
古今谁可作同评?

圣彼得堡剧院看《天鹅湖》

经典古来从不衰,
一招一式巧铺排。
善真应赖舞姿表,
犹叹曲终俏影徊。

游冬宫

奢华极致数冬宫,
雕画珠金目未穷。⑤
舰炮一鸣皆易主,⑥
五洲游客乐其中。

威尼斯徜徉

一城竟在浪尖浮，
水是长街堤是衢。
小艇⑦穿梭闲不住，
迎桥钻洞笑惊呼。

罗马城雕

母狼乳哺两孪童，
历劫经磨终化雄。⑧
伫立高坡开眼望，
七丘城⑨浴夕晖中。

角斗场感兴

高墙磅礴四层空，⑩
耳畔犹闻鬼闹哄。
应是昔朝人兽斗，
恨他噬血恶魔同。

梵蒂冈教堂

教堂⑪穹顶似皇冠，
富丽嵯峨供仰瞻。
瞠目祭坛伤俗画，⑫
"正人"多少是真贤？

游塞纳河

长河碧水供澄怀,
两岸风光夺目来。
凭是卧波桥几座,
桥桥尽自出鸿裁。⑬

仰瞻艾菲尔铁塔

铁塔巍巍耸碧空,
骨裙益壮女娇容。⑭
世间多少真经典,
全赖匠心立异功。

凯旋门

横扫欧非卷巨风,
英雄志得筑高门。
而今门耸人何去?
却剩悲歌颂转坤。

赞卢浮宫

收异藏珍一艺宫,
塑雕活现画图宏。
言何三宝⑮堪歌叹?
是件皆奇壮我胸。

凡尔赛宫即兴

林幽泉泻衬凡宫,⑯
镜饰长廊技压群。
人在古今真幻里,⑰
犹思"五四"大旗红。⑱

夜宿瑞士小镇⑲

碧空如洗地无尘,
峰顶银冠逐水奔。
幽镇日间行客少,
灯明无巷不游人。

注:① 莫斯科被称做"绿色的城市",它拥有11处森林,12座水库等,真可谓名副其实。 ② 莫斯科西南有列宁山,莫斯科大学建于此,在列宁山上放眼四眺,全城披霞,颇为壮观。 ③ 二战中,在苏联的危急关头,斯大林于红场阅兵,随即红军开赴前线,展开了对希特勒军队的反攻。 ④ 希魔:指希特勒。 ⑤ 冬宫内珍奇异宝雕塑绘画众多,让人目不暇接。 ⑥ 指十月革命中的阿芙乐尔号巡洋舰炮击冬宫事。 ⑦ 小艇:威尼斯的特色小船"贡多拉"很多,成为该城的重要交通工具。 ⑧ 罗马传说,该孪生兄弟后成英雄,终报母仇,并建起一城,即今罗马前身。 ⑨ 罗马城早年建于七座山丘之上,又被称作"七丘城"。 ⑩ 即古罗马竞技场,其圆形高墙气势雄伟,内分四层。 ⑪ 教堂:指圣彼得大教堂。 ⑫ 祭坛是指西斯廷教堂中的祭坛。祭坛背后为米开朗基罗作的《末日的审判》,画满裸体巨人,实际是米氏以此"伤风败俗"之

作对教会虚伪面孔的批判。 ⑬巴黎塞纳河上桥梁众多,而每座桥都堪称为一件艺术品,出自高手。 ⑭铁塔犹如穿着鲸骨裙的婷婷女郎。 ⑮三宝:卢浮宫三宝是指《维纳斯》、《胜利女神》、《蒙娜利莎》。 ⑯凡尔赛宫后有众多喷泉与面积甚大的园林。 ⑰宫内的镜廊72米长,镜中可见宫中古画与宫后园林交相辉映,人步廊中,亦真亦幻,妙不可言。 ⑱一九一九年巴黎和会在此签订《凡尔赛条约》,此前,列强曾偏袒日本想吞我山东,国内群情激愤,导致"五四"运动爆发。 ⑲已忘小镇之名。镇在阿尔卑斯山脚下,洁净、静谧,风景绝佳,闻说联合国下属某机构设于此。

金缕曲(二首)
二〇一一年十月

南京师大政教系七七级毕业三十周年欢聚述怀

其一

春绿随园路!
忆东风,
滋桃润李,
夜螽明炷。
拾级挽弓程门里,
雪案萤窗共度。
居斗室,
思扬今古。

偶得野岚梳雾鬟,
闹相欢,
一任游人妒。
挥手日,
翼初举。

云天万里鹏高骛。
看寰中,
风流尽显,
秀峰长蠹。
卅载阴晴多坎途,
印雪飞鸿可数。
回望处,
犹闻鼙鼓。
几次同圆湖山梦,
更金秋,
旧地香如故。
人易老,
谊常续!

其二

情系家山土!
十八[①]年,
殚精竭虑,
伴鸡晨舞。
质弱有心先鞭著,

敢射强弓劲弩。
堪笑慰,
桃红如曙。
硬骨几根还似旧,
璞初磨,
孰料楚②人拒。
风乍起,
且飞渡。

平生难得真知遇。
却偏余,
高山曲水,
漫将弦抚。
更有东风频借力,
染就春光一路。
方领略,
凡间大吕。
不信途穷文章贱,
气盈胸,
说甚红尘误?
吟夕照,
唱《金缕》!

注: ① 十八:"八",入声,应用平声,"十八"不可改,故存之。 ②"楚",仄声,应用平声。为表意而存之。

示诸孙（古体·四十首）
二〇一二年春

治　学

其一

少儿须勤勉，
奋发方其时。
养正从幼始，
树成难育枝。

其二

求学不遗力，
功到自可成。
莫嫌板凳冷，
寒牖孕阳春。

其三

世有青石在，
火种则连绵。
我若无信念，
万事人占先。

其四

学问贵专心,
旁骛九不成。
弈秋众难敌,
群徒高下分。

其五

智慧如黑炭,
力焚喷紫焰。
无知处暗夜,
瞎马临崖边。

其六

攀山勤为径,
涉海苦作舟。
妙法如路引,
恒持上鳌头。

其七

亿沙聚为塔,
千腋始得裘。
一挂石钟乳,
百世滴未休。

其八

今事今自毕,
勿诿待他人。
柔钢凭火锻,
久炼成金身。

其九

行事问是非,
治学有深浅。
钻研能成器,
邪书似泥潭。

其十

无忧尽日欢,
无声甘寂寞。
青春此般度,
老来焉有着?

修 身

其一

行高望自重,
才大世人钦。
重貌多误己,
近恶常伤身。

其二

修品若登山,
一步一艰难。
纵欲如流泻,
转瞬跌深潭。

其三

诚信为人本,
世亦有佞奸。
害人反害己,
防人少有患。

其四

诈人亲友弃,
骗地年无收。
纵逞一时快,
却惹几辈羞。

其五

凡人孰无过?
惟须决改之。
清溪碧如透,
曾有纳污时。

其六

人生须谨慎：
慎独少人嫌，
慎言少遭祸，
慎友前路宽。

其七

谄富不如勤，
媚权贱自身。
纵得一时利，
难避众口抨。

其八

气盛遭人厌，
卑膝反取辱。
无欲青山在，
心机寐不熟。

其九

多扬他人善，
勿揭彼短私。
逢难伸助臂，
赴义莫迟疑。

其十

人生何其迅，
好赖难百年。
冷眼浮云散，
心净天地宽。

立　业

其一

流星光耀眼，
一划即无痕。
人生本不易，
岂可枉度春！

其二

祖业非我创，
焉可坐享成？
光宗子孙事，
长河逐浪奔。

其三

空谈家邦误，
坚忍跋崇山。
未羡传声远，
但望心自安。

其四

立业如登峰，
先从低处行。
一步一阶石，
心追南天门。

其五

事业有宏微，
勿以高下称。
且看长短荷，
飘香尽芳芬。

其六

学问非易事，
创业亦何艰！
蚁有攀山志，
烛能照尘寰。

其七

锻铁须练身，
锤锤见真功。
舍得挥汗雨，
耐得炉火红。

其八

人善持身本，
业精立世根。
轻诺岂有信？
艺多不压身。

其九

恃才不傲物，
怀艺勿骄矜。
山内水更绿，
水外山更青。

其十

成败平常事，
人生坎坷多。
朝日时再起，
重来又如何？

齐　家

其一

山海罔极恩，
子女报未清。
何计亲颜色？
尽是春晖情。

其二

气和草木荣,
家和万事兴。
遇难齐伸手,
众志铸金城。

其三

兄弟同根出,
一枝几斑斓。
轻财难生怨,
多义能久安。

其四

教子以忠孝,
古今一脉承。
事亲分巨细,
报国惟丹心。

其五

育子严当头,
切忌放不收。
劲竹风难断,
砥砫傲中流。

其六

吃亏招福至,
何争蝇头利?
宽人且律己,
前路无忧矣!

其七

勿效迂夫子,
休醉物欲流。
白藕生泥下,
清香入高楼。

其八

丰作荒年过,
贫困共相搀。
涓涓长流水,
滋润两岸鲜。

其九

兴家男儿事,
荣宗所当求。
代代耕不辍,
荒滩化绿洲。

其十

羽能过五关,
人却胜已难。
尔侪长自警,
家兴祖亦欢!

六 辑
（新诗·对联）

大江颂①

一九七八年秋

一

燕子矶头
　　拨开历史的尘烟,
　　透过世俗的迷雾,
我凭栏远瞰——
　　顶着雪山银冠,
　　劈开万古莽原,
　　怒斥横岭改向,
　　严命夔门启关,
　　金鼓雷震摇地撼天,
　　前呼后拥一往无前!
啊,这就是我大中华的万里长江,
　　蔚为壮观!
何须寻
　　神女窃语楚王梦幻,
　　吟客长吁骚人幽叹,
　　渔女血泪纤夫长恨,
　　锈锁断戟降旗盗船?
是你啊——长江,
　　把往事溶进波谷,

将历史印上浪巅。
望不尽浩浩汤汤,
数不完气象万千,
下九重直泻人间!

二

从唐古拉下涓涓细流,
到吴淞口前烟波浩茫,
纵是千折百回,
决不犹豫彷徨。
说什么
　　　滟滪堆暗礁列阵,
　　　大三峡绝壁布岗,
谁能阻拦冲天巨浪?
说什么
　　　岳阳楼前岸芷汀兰,
　　　鼋头渚上丝竹琴簧,
谁能使你流连欣赏?
说什么
　　　孤鹜啼晚猪龙翻波,
　　　贝壳彩炫芦荻脑晃,
谁能让你驻足观望?
这就是你啊——长江,
　　有真情坦然裸露,
　　　是生命志在闪光。
倾泻你恨的漩涡,

奔突你爱的急涌,
掀起你力的骇浪!
将洪流泻向大地的怀抱,
  去滋润森林原野牧场。
把浪头撞向高山的肋骨,
  纵碎万次也决不投降!

三

何曾怨
  条条支脉扯后腿?
从未怪
  套套连环结柔肠。
长江啊,
你以广袤的胸襟
  笑承那一滴滴水珠,
  轻挽那一条条溪流,
  拥抱那一湾湾汊港。
向前啊,我的大江
  拉紧珠江的双手,
  挽起黄河的臂膀,
  邀来黑龙兄弟,
  携着松花姑娘,
青春势众年富力强!
冲上去啊,
  奔向大海,
挤上去啊,

朝着东方，
赶上去啊，
　　停滞只会枯涸，
扑上去啊，
　　向前才有希望！
向前啊，我的大江
　　冲垮礁石，
　　抛却诽谤，
　　击碎桎梏，
　　涤尽泥浆。
前面就是大海哟，
　　那里有蔚蓝的自由，
　　那里有金色的富强，
　　那里是广阔的舞台，
　　那里是壮丽的解放！

注：① 此诗写于拨乱反正的思想解放运动中。

校庆颂歌（歌词）①

一九九八年十二月

盛开的金菊，
待绽的红梅，
是你魂梦萦绕的校园。
如砥的草坪，
似盖的法桐，

记录着你生机蓬勃的青年。
啊,四十年,红颜变白发,
　　四十年,小树已参天。
今天啊今天,
母校敞开她博大的胸襟,
欢迎你,归来的学子,
欢迎你,一届届英贤。

流逸的灯雨,
飞溅的云泉,
是你心绪牵结的校园。
新簇的高楼,
先进的设备,
辉映着代代耕耘者的血汗。
啊,四十年,东风催化雨,
　　四十年,旧貌换新颜。
今天啊今天,
母校举起她热情的臂膀,
欢迎你,昔日的园丁,
欢迎你,各界的友伴。

生我的灌河,
育我的热土,
有我们永难忘怀的校园。
喷薄的朝日,
驰骋的风帆,

阅读着社会大改革的波澜。
啊,四十年,人民多关注,
　　四十年,父老笑开颜。
今天啊今天,
让我们放开激越的歌喉:
再见吧,不朽的过去,
拥抱吧,辉煌的明天!

注:① 此歌由作曲家王咏梅谱曲。

辛亥革命百年祭①
二〇一一年春

一

碧园飘香,
艳阳高悬,
在人类大百科博物馆,
我打开中华民族的历史长卷……

二

是的,我们有骄傲的昨天——
古长城,大运河,
指南针,火药箭……
祖先们戴着重枷挨着皮鞭,
建筑起弥山离宫跨谷别馆,

创造了空前辉煌人类奇观。
堂堂中华曾如一棵参天大树
　　　挺拔于世界民族之林，
似一座入云高岭
　　　屹立于人类丘陵之巅。

三

可是，当欧洲驾着蒸汽机车
　　　驶入崭新的纪元，
偌大的中国却像一个大陀螺
　　　仍在原地慢慢打转。
更有那一批时代的近视眼
　　　卖国的窝囊废，
仍在吹嘘"天朝""上邦"
　　　实行闭国锁关。
他们只会吸吮百姓骨髓
　　　拍卖大好河山。
啊，海兰泡内血流飘杵，
　　　圆明园中毒焰蔽天，
　　　渤海湾上甲午悲歌，
　　　辛丑年间屈辱求"全"……
这，也是我们民族的历史啊，
我，满胸怒气把牙齿咬碎，
　　　一腔恨火将五脏烧翻！

四

能责难我们的先人吗？不！
君不见——
　　　虎门焚烟，大沽炮战，
　　　金田村梭标，义和团呐喊，
他们慷慨赴义披肝沥胆，
纵是身首异处饮恨青山。
能苛求我们的先人吗？不！
他们，有的是
　　　古老而苍白的思想，
　　　朴素而愚昧的情感。
看历史的长途上
　　　辗过多少龙车凤辇，
　　　摔碎多少玉玺王冠。
可是，玉墀阶上依然猴戏连续，
　　　金銮殿前仍是香烟不断。
几千年君主专制的臭袜头
　　　被当作稀世之珍代代相传。

五

地球不会停转，
历史总要向前。
"亟拯斯民于水火，
切扶大厦于危倾"，
奏响爱国的强音，
推动时代的质变！

看，疮痍大地上奋起了
　　陈天华、邹蔚丹、
　　秋竞雄、孙中山，
　　更有无数未名的英杰好汉……
敲响《警世钟》，
唤起《革命军》，
　　和盘根错节的封建专制决一死战！
掣动九州的奔雷哟
　　劈断思想的缧绁，
喷射青春的烈火哟
　　熔化监牢的铁栏。
太平洋的怒吼啊
　　倍添壮士色，
轩亭口的刀光啊
　　更壮英雄胆！
让走狗的皇上和皇上的走狗，
去哭泣、哀鸣、震怒、狂吠吧，
　　历史依旧有它自己的必然！
看，辛亥首义武昌发难，
　　四方响应撼地动天，
两千年的君主独裁伴着那个小天子
　　像一片败叶飘下金銮殿。
啊，民主的洪流卷起了滔天巨澜，
　　如椽巨笔绘下了威武的一幕，
　　空前伟业铸就了先行者的集体景观。

六

抚着历史长卷,
我凭窗眺望——
  看不厌的秀水
  望不断的青山。
一百年啦,人民早把乾坤掌,
  旧地更已换新颜。
是的,先行者也有自己的
  政治悲剧历史局限,
但巧舌如簧,
  谎言终不会变成真理;
油彩斑斓,
  事实也不容随意涂染。
藉以安慰吧
  历史无私人民公平,
  今天已有了公正的评断。
引以自豪吧
  睡狮猛醒亿众奋起,
  中华巨车驶进了时代的快车线。
历史将不断展现新的一页,
炎黄子孙将不断
  继承、开拓、跋涉、闯关!
张开我们的双臂吧,
  去拥抱民族复兴的壮丽明天!

注:① 此诗初稿于一九八一年,即辛亥革命70年后。

后家乡刊物约稿,正逢辛亥革命百年,于是,将旧稿重加修改,并以今天这个样子奉上。

对联选集(十九副)

家乡兴建二郎神公园,试撰楹联若干,聊以自娱。

二〇一一年春

一、公园大门

(一)

托情云海① 志振黄淮 放眼多为新景画
寄意先贤 心铭后俊 开怀岂止旧风流

(二)

港闹城欢 逗得五龙②腾浪去
畴青岭翠 翻成七色入怀来

二、真君殿

(一)牌楼

身到彩楼 眼收雯锦 漫观合信世间好
意关高阁 情系乐忧 忖度当谋天下公

(二)山门

忆当年 斗法灵霄 独多一变③
约此日 安址故地 同佑万民④

(三)钟楼

山风海韵　藏北劈南披⑤画趣
玉振钟声　蕴贤圈哲点文章

(四)鼓楼

螺号破空　征帆点点穿云去
鼓鼙惊地　战马萧萧踏浪来

(五)戏台

演几番世态人情　虚中究实　非我即我
歌千代清官孝子　苦后回甘　似他非他

(六)真君殿

诛怪　斩蛟　降圣⑥　好真神如此原无几
劈山　追日　救慈⑦　奇孝子这般盼有多

(七)配殿

观世事纷纭　惟赖心平若水
阅浮生幻梦　尚须欲淡如秋

(八)寝殿

当有神人高卧　未开三目⑧古今晓
愿闻仙曲低回　谐奏五音⑨天下和

三、团圆宫

(一)宫前大门

百川向海　兼纳不涸　华夏长欢当有待
万物朝阳　普施则耀　环球大快岂无期

（二）福禄寿星门

积善积功积识　愁甚三星非照我
多私多欲多机　怨何五福却偏人

（三）文昌殿门

尚学尊文　诸生应悔腾翎晚
励精图治　我族犹惭振翮迟

（四）观音堂

花色月色悲喜色　防色迷眼
雨声风声疾苦声　将声挂心

四、慈孝阁

慈母脱羁　却惜九重追日事
孝郎挥斧　当播百世劈山名

五、二圣斗变园

斯时斗石猴　搅天搅地　终分高下
此处演光电　惊魄惊魂　未与比伦

注：①云海：指云台、海州，代家乡。　②五龙口：家乡一地名，因五河交汇于此而得名。二郎神公园，即建于五龙口附近。　③《西游记》载，杨二郎尚比孙悟空多一变化。④花果山是孙悟空老家，灌河口是二郎神住址，他们应当同佑家乡人民。　⑤劈、披：山水画中有劈斧皴，披麻皴的不同技法。　⑥⑦传说中二郎神的事迹。　⑧三目：传说二郎神有三只眼，即眉中额上还有一只竖目。　⑨五音：我国古代五音即：宫、商、角、徵（zhǐ）、羽。相当于现代音乐简谱中的1、2、3、5、6。

挽张老
一九九〇年二月

仗剑从戎　念扬子波翻　鸭绿帆垂　三千里江山锦绣　犹见英雄铁马驱风去
解甲治政　叹校庠笋起　坦途电掣　七十年人世沧桑　尚余后辈泪眸眺鹤归

挽家叔
一九九三年二月

早怀壮志　燃烽火　舞金戈　白睨权贵　未信魂魄远去　看三杨荫浓　二圩柏翠　饮马灌河留健影
晚树高风　捧赤心　披义胆　青睐黧民　方知精神长存　有一身正气　满腹刚肠　放鹤伊岭逐悲歌

挽仇兄
二〇〇八年九月

潇洒教坛　艺文名世　赢得桃林成阵飘红雨
躬耕砚畔　书画传家　唤来松海涌歌颂懿风

书末絮语

窗外,法桐的枝条上,依然悬垂着一个个暗褐色的果穗小球。但与前几天不同的是,枝条的凸突处已冒出一片片似黄又绿的小叶片。春天的脚步是谁也挡不住的。仲春时节,终于把书稿一校完成,看到窗外的变化,更增了心中的暖意。

看着摊于案头的清样,我想起许多。那些读诗写诗改诗的场景有的清晰有的模糊,那些断断续续的日子有的痛苦有的甜蜜。一切都快过去了,因为有了面前这个结果。一切又未过去,因为她联系着我的生命历程。一个普通人的人生旅途很难有壮阔的波澜,却少不了欢快的浪花,也少不了盘曲的漩涡。凡人的一生,也许像一湾静静的水洼,少有微澜;也许像一条幽幽的小溪,奔跑不息;也许像一眼汩汩的涌泉,喷珠溅玉……可不论是什么,有水就能滋养生命,勃发生机,就会有风景:游鱼、云影、天光、飞鸟……所以,凡人也有自己生命的快乐、幸福、满足。今天,我快乐,虽然也是"痛并快乐着"。

我快乐,不仅是心血又有了一个有形的结晶,更是这个结晶的形成,也凝聚了给予我许多帮助的朋友与家人的心血。我由衷感谢他们。

感谢南京师大出版社原社长、我的老班主任闻玉银先生,能愉快地接受我的请求,欣然为本书作序。其文,精悍,充溢激情与活力,隽永,读之余味不尽。

感谢我的老同学蔡林慧教授,公务繁忙,却常记挂我的这点小事。为诗稿付梓,她鼓励、策划、叮嘱、关照,尽了别人难尽的心力。

感谢我的中学学长、南京诗词协会副秘书长周勤璋老师,他对书稿提了不少建设性意见,并热情撰赠贺诗一首。虽多过誉,但我难免俗,读来自然为之窃喜。

感谢南京诗词协会副会长王宜早教授,慨然挥毫,将周老师的贺诗书赠予我,得到书法高手的墨宝,确是令我喜出望外。

也感谢内子宋军承女士及子女们,是他们的亲情让我常觉快慰,使我在成书过程中时时感到来自身后的有力支撑。

当然,本书出版,更离不开出版社领导彭志斌先生与责任编辑高朝俊先生的倾情关注。

在此,谨向为本书出版付出辛劳的所有人员表示我真诚的谢意!

人,都应该常怀一颗感恩的心。感恩造化,它为我们提供了生存的所需与环境;感恩时代,它为我们创设了作为的机遇与舞台;感恩友谊,它为我们送来了独行中的鼓励与援手;感恩家人,他们为我们递上温情留下眷念……

窗外,枝头的小鸟跳跃、鸣啾,加入进春曲的合奏和生命的礼赞。望着它们快乐的样儿,我不禁怦然心动,似乎年轻许多。是的,生命真美,生命应永远得到尊重。当然,生命的不同阶段都有她特殊的亮色,也都应有所为有所不为。想到此,我不由轻松地吁出一口气,心中又涌起一缕缕暖暖的快意。

二〇一三年三月